# 山里的早晨

山早 著

西泠印社出版社

# 前言

与师相识源于吟诗。

我对诗歌痴心一片，沉浸其中，自我感觉良好。以得意之作吟与师听，本想得到夸赞，不想却是凉水灌顶。

师曰：“无情之声！”

感恩师之不弃，跟我剖析作品主题与声情细节。抽丝剥茧，层层深入，听得我如痴如醉，豁然开朗。从此抛却虚妄，革除浮躁，全力以赴，潜心求学。

诗之微妙境界多感发于心，只可意会不可言传。声之缥缈易逝、曲直刚柔、亦真亦幻，更是捉摸不定。以缥缈之声捕捉幽微之情，且须诠释到位，拓展有方，更是难上加难。

感恩师的诲人不倦，尽心竭力引导我，以强大心力携我过海，我若在大海之中抓着一根蛛丝，战战兢兢，如临深渊，如履薄冰，凝神聚气，片刻不敢懈怠……

那些关键的点拨与肯定，那些纠结痛苦中的鼓励，那些深深浅浅、远远近近、抽象具象的比喻……对我来讲都是开门的钥匙。

如今想来真要落泪，为了引导我这个蒙童，恩师可谓是呕心沥血。

多少次为我不厌其烦地示范，病痛之中亦不间断，恩师如父，情深义重！

终于在某个瞬间，我泪流满面，心潮如决堤之海……

我听见十年生死两茫茫的欲哭无泪，

我看见小轩窗里伊人头上那朵牡丹的明艳，

我听见杜甫的咳喘，

我捡起了李白摔的筷子……

此时，师在路上，他说一朵飞花入眼，他泪流满面……飞花甩袖、留眸……如一个可爱的精灵已化作诗心一片。

生命的律动本是如此美好，可惜你我已蒙尘。

读师之诗，体味入骨、入心、入魂之真。

师对万事万物的精辟敏感，是我今生必修的功课。

品师之诗，时有恍惚。时而与李白举杯，时而与杜甫同醉，时而与苏子泛舟，时而与唐寅相眠，有时惊起一滩鸥鹭，有时乱石穿空惊涛拍岸，有时婵娟初照水，有时明月出天山，有时英雄轻胜马，有时扶风御柳斜……

师常言："博采众长，汲取营养。融会贯通，为我所用。青出于蓝而胜于蓝。"

集各家之所长，得各艺之精髓，融深情于一诗，诗人未分，浑然一体。师的诗集现身说法，是为最好的注解。

师的诗集出版在即，百感交集。让弟子为序，受宠若惊。

师之造诣不敢妄言，唯有勤学苦练，领悟在心。

李渔故里吟诵馆　徐美俊

# 目录

## 余志赋

立潮头，
独遨洲，
翻蹈海添绸，
余力休，
韧劲犹，
四两千金够，
月圆夜，
人依旧，
江渚帆万艘，
弦丝入扣，
蓄势待走，
誓将展黄秋，
饮酒、食肉，
壮我一发不可收。

## 西园之韵

读懂了《大学》而神游苍穹，
悟透了《中庸》而得道飞扬，
道尽了《论语》而绝世无双，
叩拜了《孟子》而洗礼规范，
《诗经》渐渐悠长，
《尚书》潺潺流觞，
《礼记》微微初放，
《周易》默默添香，
《春秋》深深凝望，
“四书”记下了历史，
“五经”载入了西园。
书声琅琅云峰飘荡，
学子莘莘登高望远。
古人的西园，
文化的一方，
历史总在苍茫，
岁月尽收彼岸。
美了西边的太阳，
开了园中的花瓣，
一路沿途，望见了芬芳，
一路艰行，绽出了霞光。

## 立夏食

又是一年立夏时，
满园春草渐离辞，
东家厨女已起灶，

西厢婶娘起炉子。
一掌猪蹄养腿脚，
葱头数粒慧智高。
蒜瓣碎打后加上，
居家过日细盘销。
莫忘竹笋好寓意，
节节登高拔地起。
黄皮土豆滚三俩，
金玉满堂添福气。
取来萝皮满罐汤，
腊心熏肉酒色香。
八仙大桌七尺凳，
盛世之下无饥荒。

## 四月廿二有感

白鹭衔溪岸，
龙虾居泥潭。
传说虾满地，
随手七八担。

两面绿丝绕，
涧草矮处刨。
偶闻有禽声，
只见鸡鸭闹。

逢人犬猛叫，
矗立半人高。
忙拖回笼去，
锁上铁链条。

桥头碎花落，
不知小满过。
即将芒种来，
又叹六月多。

## 祖上待客道

门前若庭市，
家中有贤子。
海纳百川容，
气度腻犹丝。

宁可咽食糠，
不羡配鸡汤。
若有客盈门，
满汉全席上。

自食到粪缸，
待友传远蕃。

路遇天下士，
四海皆称团。

祖上留此礼，
子孙沿旧袭。
收拾柴火灶，
铜壶煮端仪。

## 藤花词

沿溪过，
山倚卧，
翩雨清波。
溅飞泥，
浑入溪，
道德桥侧翼。
经园里，
绕岸堤，
恰似西厢记。
思莺莺，
红娘遇，
墙外抚琴曲。
叹去，
张生已别离，
剩追忆，
千古有戏。
藤花淡，
紫罗衫，
艳赛娇娘。
思无人，
不应有恨。
既无根，
枯去留忠贞。
春风度，
仰天问愁故？
足下路，
今行我素。

## 闻弟子美俊唱歌剧选段《绣红旗》有感

国破将堪任，
城头草木纷。
忍辱负重时，
巾帼弃闺门。
报国身先去，
抛头何所惧。
血肉且粉身，
碎骨焚翼羽。

今沦阶下恨，
困锁渣滓深。
线儿随手中，
穿针绣旗人。
誓把牢坐穿，
驱赶三九寒。
盼来百花放，
春回壮河山。

## 俊逸雕核

一

桃核之意众生有，
莫说天下尽揽收。
妙手精刀刻绝艺，
细琢凝聚一念酬。
龙凰飞翼添爪手，
仙子翩然裙衣透。
邃得佛祖慈眉目，
悦见莲花已出头。

二

俊逸手中刀，
杰作著秋毫。
劲力栩玩物，
自成一技高。
旭日拨云涛，
颜容不亦老。
胸怀五岳峰，
穹指堪神矛。

## 遇事而悟

闲游观月穿谷，
嬉丛府园荡步。
歌舞萦悬辉映，
草木自在升平。

幻变风云莫测，
飞雪六月冤娥。
一则不慎落魄，
吟诗诵曲研磨。

身正始于禅音，
心静源自修近。
浩然封存两袖，
清风足以含秋。

## 出梅

今日廿四时，
小暑问先知。
龙王整兵马，
虾蟹回宫池。

乌将云散去，
五月不相许。
灼阳与日高，
才知出梅雨。

## 哀人怨

在世近百年，
谁可寿同天。
存活兴乐业，
盖棺赋挽联。

老朽残木空，
生死阴阳重。
病来几人还，
养儿戴孝忠。

凄哭三日绝，
楼空剩巢穴。
冠衣今何在，
灰飞登天阙。

皮囊裹肉生，
立架韧骨横。
丹田气悬口，
呜呼飘入风。

## 北疆掠图

——大姐游北疆掠图作

雪域巍峰峭峨，
气壮染动山河。
再行北疆阅色，
塞外琼花映侧。

喜极一跃婉转，
甩帽抛入云端。
风吹草低牛羊，
岸畔源自江川。

边陲美食环顾，
风土人情尽处。
秋浓胡杨林木，
翘首忘情却步。

## 醉三思

久封陈曲酿，
神醉口未尝。
早无酒肉心，
俗凡辰寿志。

盛意聚来少，
不沾罢相邀。
旧时谙若愚，
沧海博一笑。

前江后浪涌，
青蓝胜桑空。
蔚绩逊后日，
朝气为霞红。

三杯吐诗意，
半斤陷老底。
太白不可及，
自作闲鹤嬉。

## 避雨偶感

雨行风狂急，
澈溪灌城堤。
未招虬龙聚，
倾盆已相逼。

伞大难避起，
不如裹塑匹。
赶驰回马去，
雷公喝奔西。

淌水湿布底，
寸步渍裤衣。
待等收关曲，
又催策马蹄。

躲处居高僻，
恐将路人袭。
瞬息空有著，
擂鼓渐远弥。

## 壮怀志

问君德才何所去，
天降堪重备智愚。
千方磨击求图志，
虎将长坂困乏时。

所向狼贼寇倭黑，
文人休笔拔剑眉。
充当行武把酒欢，
不剿楼兰誓不归。

破指血书奋笔下，
染红半天四海家。
直把云帆济沧海，
嘶叫烈马壮我怀。

## 半边红日

——为2018年“三八”国际妇女节作

映日霞彩半边红，
采荷不染淤泥中。
满园春色梨花颂，
姹紫嫣香抹妆浓。
翠竹并立添玉宇，
三九腊梅无所惧。
不足七尺却好汉，
巾帼英姿豪饮去。
文中清照词万斗，
才情绵延无人后。
武比穆氏桂英女，
挂帅杨门千古悠。
又述花家木兰闺，
披挂先锋兵马催。
红玉夸夫助军威，
战无不胜凯旋回。
今番更有后辈生，
条条战线报飞腾。
花中君子随处见，
共筑华章中国梦。

## 不能只剩下追悔的泪

谁把溪水染得那么黑，
盼不到清澈重归。
又听到钢刀烈锯，
把山林肆意摧毁。
一颗树的惨叫，
一朵花的苦笑，
到底谁是罪魁？
是披着狼皮的人，
还是穿着羊袄的鬼。

都在说自己无罪，
却不知什么才是珍贵。
洪水为什么泛滥？

山体为什么滑坡？
地震为什么不曾停泊？
连白云都裹上了纱被，
远离这无情的是非。
连鸟儿都捂着小嘴，
不敢自由翔飞。
我们缴不起大自然的赔
　偿费，
我们岂可任凭胡作非为。
我们不能只剩下，
追悔的泪。

## 采莲

巧女采藕甜，
脱泥不染间。
叶盘含珠润，
偶有赏花莲。

日照晴方好，
艳阳倍日高。
映波水潋滟，
只是收获早。

荷瓣添粉黛，
莲子晒头外。
不忍掐手去，
风过她还在。

## 茶韵

碟盘托杯盏，
清茗抛溢盘。
正山赤小甘，
花香野茶桑。

老白锄垦栽，
叶梗细觅采。
毛尖露绒色，
龙井沸水开。

金骏碧螺樽，
云雾雀舌荤。
黄峰六安瓜，
君山银针春。

信阳武夷家，
祁门红袍挂。
安溪拜观音，
普洱乌龙峡。

## 茶醉

轻轻端起砂杯，
缓缓翻开了盏盖，
热气伴着茶香溢出。
不禁嗅了一口，
顿时酩酊难守，
就这样被诱惑了。
不禁沾了一口，
顿时熏意上头，
就这样被着迷了。
不禁深了一口，
顿时身不己由，
就这样被醉透了。

自古道醉酒伤人，
常言说茶醉养身。
只因，
茶清肺，
洗净了尘垢；
茶温柔，
滋润了嗓喉；
茶合味，
抛洒了烦忧；
茶随心，
放飞了追求。

## 踏樱歌

丝丝如纤扣，
若灯小蕊。
止步多媚眼，
笼中多佳偶，
双双连理，
滋润总相宜。
贵有凡心多心细，
闻风而颤动，
脱了纱裙罗裳，
顾不得风姿夺人。
无白霜，
邀来竞多雪，
不枉阳春，
倾城笑风月。
拾残花，
帕巾藏闺，
夜来伺枕眠。

## 足下难

抬樽痛饮醉五千，
玉酿杜康舍银钱。
迎杯酒肉不能食，

鸿门拔剑指岿然。
欲截黄河九曲川，
欲登五岳撼三山。
子牙垂钓渭河上，
伯侯屈驾寻畔边。
路上难！下路难！
足下路，且安当。

## 吃瓜

妈妈捧来了西瓜，
哇，个儿挺大！
绿油油的瓜纹像是勾画，
连忙把它放上刀架。
砰地一声“被炸”，
红肉里长满黑籽牙。
一边儿汁水流下，
一边儿开出了瓣花。
连忙吞上一口，
从头到脚都凉透。
狠吃如猛兽，
三下五除二，
还是觉得没吃够。
肚子发了愁，
鼓得圆溜溜，
乐得妈妈笑哈哈。

## 初识“满天星”

送来一束小花，
不知她叫啥。
捧在手心吧，
一阵温馨往心窝爬。
情不自禁去嗅了嗅她，
少些浓沁，
但吐出淡雅。
一颗颗花蕊，
只有一点点大，
像天上的星辰，
零落在四下。
红的非常粉嫩，
紫的好像墨画，
白的晶莹，
无需再有丝毫添加。
枝干长长的，
绿竹一样挺拔，
没有柔弱的桠，
甘心地做起了撑架。
有人悄悄告诉我，

她叫“满天星”，
我会心地笑了，
她就是“满天星”，
这名字在心底彻底记下！

## 春草闯堂

——赏京剧名家刘长瑜老师代表作《春草闯堂》

相国千金进香房，
华山遭难逢薛郎。
半月绣花春草卖，
闻冤不顾闯高堂。
府内认亲上京书，
弄巧成亲璧联珠。
皇恩浩荡赐御匾，
一代名鬟垂千古。

## 春天来了

花丛中不知何时，
添了几道红。
草畔间不知何时，
抹了几缕青。
听，枝头鸟儿在引吭歌唱，
瞧，泥洼懒虫在舒适打转。
米筛上的蚕儿也不停歇，
尽情吐着丝，
悠闲地啃着绿桑。
那纠缠的白茧，
来年便是绫罗绸缎。
翻新的泥土也上了色，
变成了最好的种场。
稻谷会在这里落地，
秋后是收获的希望。
青竹也破土而出，
变成了最强的茁壮。
雷笋会在这里生长，
雨后是登高的期盼。

情不自禁，
我也唱起了情歌，
曲子绕过了山川，
羞红了顽石的脸蛋。
不由自主，
我也敞开了胸膛，
拥抱穿过了溪潭，
唤起了苍柏的徜徉。

再回眸，
已是春意盎然。

## 春雨

连夜雨不休，
春雷伴其后。
枯叶纤尘去，
垂柳最清幽。

风啸驱云头，
雾开见底收。
洗礼万物生，
怡景弥新久。

瞬时历冬秋，
春夏倍怀柔。
极目风云变，
聚汇漫溪流。

## 匆匆

长夜戚，
那一片天际，
只有星星和你，
了却的记忆，
总是点点拾起。
飘过的花絮，
融去的春泥，
默默地锁进心底。

那一季，
桃花开满城堤，
一阵风的力气，
满城尽带香溢。
坡顶的柏松，
刻下了誓语。
一座牌楼叫巴国布衣，
变脸在这里献艺。
随后走进了，
双皮奶的巷里，
角落的座位依然不拥挤。
为了总能“双宿双栖”，
询问天赐的消息，
苍天即刻下起了暴雨。
回答：灵隐的菩提，
沉到了断桥湖底。

随梦而去，
再一次扪心洗礼。

褪去的印迹，
留下了远离。
匆匆的经历，
升起黎明的晨曦。

## 大雨的梦想

发狠地下吧，
这如洪的大雨。
不知你压了多少情绪，
不管你抑了多少余悸。
这一刻天空属于你，
任凭你惊涛拍岸，
任凭你挥起狂澜。

花草不在乎被你浇汤，
鸟虫不在乎因你添伤。
路道已汇成瀚洋，
山坡也聚成河湾。
雷点起劲地为你奏乐，
风啸忘情地为你伴唱。
躲雨的姑娘们，
浸透后更靓，
裙上的小花也暗自开放。
一阵风吹过，
翩翩飘着闪，
只见留下了片刻春光。
淋雨的小伙儿，
此时豪情万丈，
挥雨如抹汗。
大步迈上，
忘了偌大个水潭，
再回头，
已悄悄然。

发狠地下吧，
无论你怎么样，
我们都凝结着展望。
那一缕彩虹，
永久是大雨的梦想。

## 杜鹃花的畅想

山弯弯，
路漫漫，
翻过了大山，
越过了岭梁，
百折千回般婉转。
青山侧畔而过，
潺溪脚下流淌，

翠竹拨了壳，
蓬勃地生长。
野花躲在了侧旁，
昨夜被春雨浇灌，
顿时格外俊俏。
醉了芳草，
迷了雀鸟，
虫儿倒是闲得无聊，
总是自在逍遥。

一曲飞歌响彻，
夜半山更盼天明，
寒冬腊月盼春风。
这里不失绿盎，
却漫山浸染。
杜鹃飞过，
留下了祈盼。
七仙女的身影，
靡靡在湖里荡漾。
山里人丢弃了穷酸，
粗壮的大手，
黝黑的模样，
迎来了四海朋客观光。
煮起了鸡汤，
蒸起了米饭，
难忘的是那口土菜香。
那一张张笑脸，
是最朴实的邀函。
那一句句热情，
是最无华的家常。
幸福不再是奢望，
甜蜜不再是畅想。

## 夏三伏

游湖闲言问客家，
春姑渐去日高斜。
水潺流溪现白鹭，
草滩苔处蹦蟾蛙。
竹报枝节冬破笋，
腊月催木绽梅花。
叹息三伏寒已尽，
隆中何时奉凉茶。

## 端午赋

### 一

顺阳五月初五日，
仲夏时节艾叶滋。

荆楚岁时眺登高，
万渡龙舟竞头鳌。

二

汨罗江上焚香土，
撕叫屈公回音绕。
煮梅浴兰闻菖蒲，
万仓米粽喂鱼蛟。

## 端午忆古

闻师受陷遇太庙，
谁知永诀在今朝。
向天长啸问神明，
桔颂纱巾覆九霄。
夫差不听子胥言，
反将赐剑陷同僚。
忠良难报仇国恨，
千秋雪耻几人晓。
孝女曹娥哭号啕，
只为家父溺水消。
沿江转去无人应，
亲手抱躯过奈桥。

# 踱思五言

生果沃肥土，
荫树照仁堂。
不思言出默，
丹怀夏节茫。
叶萎低绮户，
枝擎挂窗墙。
始出染春色，
与日争灵光。
初烟见明火，
栗槐阅点妆。
潜淤岸踯躅，
风景在酷寒。
连缀结骨朵，
赏心悦心房。
虫甲破衣壳，
玉洁包肉瓤。
早闻先人说，
入夏皆口尝。
嚼疑蟠桃味，
嗅异广寒香。
润汁透甘水，
鲜逾旷无双。
燕窝拾一颗，
释水酿琼浆。
物稀方显重，
世高苦渺然。
已临三伏月，

又见贴膏方。
藿液防暑注，
憔姿炎内伤。
近来不忍热，
晚风行途障。
唯将诗词赋，
沥血字笔长。
赠君桃花扇，
我却成潘安。

## 瓜颂六言

红瓤薄皮粉肉，
切开深藏黑豆。
藤叶缠绕沃土，
入夏蒂落丰收。

酷日炎炎焦头，
一口冰丝凉诱。
再尝甘甜可口，
不惜吃相露丑。

果中拜为上侯，
东坡作联堪秀。
蒋焘分瓜赐酒，
此物自古名留。

## 儿长成

——儿幼园毕业作

龙年二月诞童子，
历来喜事姗姗迟。
而立三十为人父，
不摆酒宴只作诗。

芽儿七载初长成，
已过腰身渐斯文。
瞬间幼园即业毕，
转入寒窗读书人。

养孩不因只防老，
懒行惰为不可教。
切忌溺爱为所欲，
自立担当须紧要。

人生百态江湖险，
山外遍地蔓茔烟。
苦行磨砺逾万里，
浇育栋梁在人间。

# 高姥红

## 杜鹃红

山染群峰似啼血，
炉火奉贡朝天阙。
绿茵乘机悬勒马，
不知高姥映赤野。

## 高姥朗声

幼童扎杜红，
湖亭在笼中。
朗声荡幽谷，
多添诗意浓。

## 染峰

壁立秀峰千仞高，
青松展翱戏窈窕。
空有闲枝伫鸟翅，
染似红山花倍娇。

# 共和国的文明劝导

到处是车水马龙，
瞧，又横冲直撞。
到处是步履匆匆，
瞧，又肆意行穿。
一匹“斑马”坐下，
多少无辜变成了无价。
一顶顶小红帽，
一个个小红甲，
一面面小红旗，
红得美过了夕霞。
可亲的老人从这里走过，
摘下帽子向您致敬。
可爱的孩子从这里走过，
伸出拇指为您点睛。
一缕幸福的微笑，
一个恭敬的弯腰，
一声温馨的呼叫，
牵起了平安的康桥。
把文明推向浪潮，
把平安摆在首要，
把人民放到最高，
这是共和国的文明劝导。

# 观云转雨

阔海云湛蔚霞上，
于飞似见凤求凰。
九尺钉耙二虎力，

龙盆聚宝麟角莽。

策马不屑催扬鞭，
四羊方尊铸殷年。
一炮雷点倾城下，
顿开雨花吐万剪。

## 闻雨有感

三月清雨撒柔情，
弄糊粉黛去飘萍。
巾帕拾来遮容面，
早回闺房扮妆新。

几经细琢眉宇廓，
绣笔如飞添淡墨。
雍容不是风花月，
倾城自古为君守。

玉环醉酒难消恨，
貂蝉连环捣京州。
西施浣纱鱼沉水，
昭君出塞复国仇。

天若有情将亦老，
人生如戏又从头。
苦行五载出人地，
举目当须再绸缪。

## 寒窗忆

早捧朗书夜勤游，
学海唯有苦作舟。
放翁亭上爬虎藤，
寸步维艰攀壁陡。

宏图必先踌满注，
劳其筋骨饿体肤。
园丁老去新辈生，
耕耘五尺育栋雏。

学子寒窗逾十载，
莘莘茁苗蓓蕾开。
几经辛劳为有获，
出人绽头捷报来。

春蚕吐丝终有尽，
蜡火焚身甘为霖。
青丝白发承前后，
百花齐放桃李心。

## 寒冬三赋

三九未到寒先近，
腊月梅花暗自吟。
山头鹤立无颜色，
水涧草畔泛枝新。

迎鹊早报春来临，
不待瑞雪兆丰频。
此处虫蛇已熟睡，
望去松林孤伶仃。

桃李无趣不争艳，
傲视群芳怎贪恋。
休有隆冬雪曼舞，
化作春泥碧月天。

## 行路

我们在路上，
勇敢地前行。
脚步异常沉重，
残喘声不断，
疲乏地只剩下辗转。
脚上的泥泞，
没有任何土香。
脚下的崎岖，
没有任何方圆。
低头时，
一步一个深印。
回首时，
已是布满沧桑。
扭过眸眼，
使劲挺直腰杆。
无尽中叹想，
人生漫漫，
就在行路难。

点起一把火，
高高举起。
远方瞬间明亮，
黑暗紧接着消亡。
心里不再徜徉，
路道变得宽广。
听不见的是残喘，
看不到的是辗转。
越过高山，
踏平坷坎，
山头上冉起了曙光。

# 环保新歌

——为武义县环境保护局参赛作

蔚蓝的天空，
朵朵白云在自由穿梭，
在蓝天的怀抱中，
它含情脉脉。
林间的小鸟，
在这里繁衍生息，
茂密的森林里，
随处听到快乐地欢歌。
因为我们的坚持不懈，
嫩绿的树苗，
洗去了愁展的柳眉，
向着我们温柔地微笑，
慢慢地弯下了腰，
感激我们带给它美好。
因为我们的坚韧不拔，
美丽的山花，
赶走了哭泣的伤悲，
抢着投入我们的怀抱，
羞羞地撒开了娇，
感谢我们带给它窈窕。

我们选择了劳累，
拭去额头上，
淋漓的汗水。
我们抗拒着疲惫，
踩着时间差，
奋起地直追。
在山顶之上眺望，
我们一览无余，
却不敢踌躇满志。
依然背上行囊，
在水源旁聆听，
却不惜胸怀壮志。
依然磨拳擦掌，
坚实地走过，
一步一个豪迈。

这是我们的初心，
我们绝不忘情。
这是我们的誓言，
我们绝不暂停。
甩开臂膀，
在蓝天下宣誓，
我们充满力量，
势必还你一轮红日。
在碧水旁立志，
我们力挽狂澜，
势必还你一丘清池。
雄心在浩荡，

壮志在激昂。
肩挑任重，
脚踏道远。
不论有多难，
我们——迎难而上。
不论有多苦，
我们——义无反顾。

## 将行进

天将晴，
东川绸雨南天来，
寻尽人间不念归。
地将临，
繁花锦簇增英飒，
朝彩霞丝望目穿。
三生获来今胜欢，
欲把辰星托圆月。
天将大任赋我辈，
千辛万苦自作为。
引吭一曲寻作乐，
会当凌空凭鸟飞。
学夫子，效武圣，
行仗义，志坚存。
不惧膝下黄金贵，
情愿拔剑斩狼灰。
前有高祖皆贤德，
后有少年留其名。
不恋红尘花天乐，
纵欲丧志愧忠良。
今夕取囊借两钱，
不谢子君举酒酌。
驾高马，千里还，
吾儿将出更有当，
叩对门庭孝高堂。

## 红楼吟

潇湘一曲琴瑟罢，
紫竹楼阁各安家。
荣国百媚争奇艳，
金陵十二斗嫣华。

阆苑风情若仙葩，
不闻美玉皆无瑕。
枉自嗟叹费多痴，
空牢独斟寄思挂。

水中映柳絮吹打，
镜里穿行独葬花。

悄问紫鹃难为水，
行影扶风浣闺纱。

金玉良缘宝黛话，
生已悲尽死裙衩。
天宫唱尽红楼曲，
人间再续亦多杂。

## 寄情山中人

### 一

山峡深谷红簇黯，
杜鹃姹紫遍屹染。
孤枫叠翠眺不及，
瀑泉击峰生千澜。

### 二

散来云客奔赴早，
蕊苞初绽吐处娇。
梦中曾游千百里，
只叹未登姥山高。

### 三

雾里人家有亲眷，
又年邀我莫嫌远。
诚相朴厚耕种人，
故园苍篱已结欢。

## 踏古

泥风巧天工，
骨支架梁空。
披星可有翅，
茅草树上隆。
破壁残垣东，
窗角纹雕龙。
陈年不知月，
岁寒仅暮松。

## 寄春励志

采茶三两头，
拾得花妍候。
翘壁飞朗雨，
挺竹绽枝柔。

残瓣不失色，
烂草非枯折。
几经恶风习，
薄情择一颗。

人间遍地春，
画墨点乾坤。
凋处有和煦，
壁立得千润。

翰笔重抖行，
寄情廓漂萍。
一朝红彤日，
忘却骇浪惊。

## 你是神一般的人

——2019 年周恩来总理诞辰日作

从你出生的那一天起，
那份爱国的情怀就装进了心扉。
读书是为了中华崛起，
奋发少年飘洋过海，
共产主义信念由此树立。
面对千疮百孔的国土，
你怎能不投笔从戎。
勇作黄埔先锋，
南昌城下暴动起义。
没有硝烟的白区战斗，
多少次命悬一线中转危为安。
北上抗日你蓄须明志，
直到赶走东洋鬼子。
带领延安军民自力更生，
杨家岭上带头纺起了棉花。
与毛主席星月并肩，
推翻蒋家王朝，
解放了四万万同胞，
你参与缔造了伟大的共和国。

世界霸权林立，
你把和平鸽放飞到了每一个角落。
你把中国推向世界，
世界因你而正视中国。
那条指挥过千军万马的弯臂，
又架起了五洲桥梁，
将天堑变成了通途。

你用魅力征服了敌人，
您用品格赢得了民心。
你燃尽了自己，

点亮了寰宇。
十里长街上哀哭震天，
联合国急忙降下了半旗。
你从圣坛走下，
你是人，
你是神，
你是神一般的人。

## 抗台曲

——2018 年“玛莉亚”台风登陆

台风已逼兵临下，
天将滚涌浪淘沙。
裹去红日避重天，
诚恐决堤欲崩塌。
断行布施拴疾马，
闽城告急拔钉牙。
谁敢赴汤身先卒，
三军整装待出发。

## 苦行僧

禅钟槐谷浩风青，
盗得朗空明。
日出眺首山穷尽，
直抒三江临。
诵经拾问路，
寻归途，
百转食斋回栈宿。
盏杯水，
无荤禄，
清肠饱肚。

塔影斜伫，
千佛普渡。
脚下留情处，
摘得青柳几株。
桥横涉舟踏姑苏，
击木鼓，
上游竞渡，
龙马背上行我素。

## 离别的时光

——溜溜幼园毕业季父亲感作

校园的鲜花盛开了，
花蕾迎着朝阳。
树上鸟儿叫喳喳，

和我一起学文化。
滑滑梯最高大，
等着我去攀爬。
秋千上荡秋千，
画进了我的彩画。
我在愉快地歌唱，
唱出了懵懂的向往。
我在欢快地跳舞，
跳出了五彩的华章。
草坪上一起做游戏，
“老鹰抓小鸡”。
雄伟的城堡，
还屹立在沙滩旁。
满手的泥巴，
脏兮兮的小脸儿，
总是乐开了花。

热烈的骄阳，
预示着明日的辉煌，
我即将奔向学堂。
清晰地看见了，
“好好学习、天天向上”。
难忘美丽的校园，
还有可爱的伙伴。
难忘老师妈妈，
和那和蔼的面庞。

今天，我又哭了，
哭得两眼汪汪。
不是因为吃饭拖拉，
不是因为调皮捣蛋。
是因为离场，
是因为难忘。
努力吧！
一点点成长，
不再辜负你们的期望。

## 厉害了，我的国！

开国大典的礼炮，
唤醒了沉睡的雄狮。
庄严的五星红旗，
飘扬在神州大地。
这一天，
三座大山被推倒。
东方发了白，
一轮红日托起了黎明。
粗黑的大手，
砸碎了铁链。
佝偻的身躯，
挺直了腰板。
踏着脚下的土地，

耕耘着金黄的麦田。
锅里有了口粮，
孩子们穿上了衣裳。
那段悲惨的屈辱，
被甩在了历史的长河里。
厉害了，我的国！

改革开放的春风，
激荡起沉寂的海面。
鲜艳的五星红旗，
染遍了大江两岸。
这一天，
尘封的大门正推开。
东方泛了光，
一轮明月挂起了云帆。
坚实的双手，
盖起了广厦。
瘦弱的身躯，
昂起了脊梁。
望着霓虹的闪烁，
收获着喜悦的兴旺。
碗里有了鱼香，
女孩们换上了新装。
那段贫穷的无奈，
被抛在了岁月的年轮里。
厉害了，我的国！

“十九大”的号角，
勾勒出复兴的中国梦。
飘舞的五星红旗，
引领着亿万民众。
这一天，
新时代的步伐已迈开。
东方耀了眼，
一首赞歌唱出了心声。
挥动的双手，
描绘着蓝图。
高大的身躯，
张开了臂膀。
跟着前进的足迹，
奔向“两个一百年”。
心里有了畅想，
百姓们迎来了希望。
那段艰辛的转折，
被放在了世纪的星空里。
厉害了，我的国！

## 苦口良药

几味灵甘罐中熬，
柴燃清水煮沸高。
黄疸不及半点输，

化去百病疾痛消。

含饮何必口舌伤，
心若蜜汤细入尝。
良药不苦难扶正，
仰仗天字一剂方。

## 良医父

行医五十载，
贫下中农孩。
红校初展道，
战火炼勤才。

科班入雅堂，
半靠接济粮。
苦学济世道，
救死扶病伤。

成名不忘本，
心系除患根。
甘为耕地牛，
老骥谱忠贞。

## 芒种日

麦儿黄，
叠成浪，
却见云堆散。
持镰锄，
挥雨汗，
农夫赶忙，
片刻屯满仓，
梅雨姗姗。
拖犁出，
驾牛扛，
水田耕泥浆。
勤开垦，
种田粮，
待日稻花香。
芒种季，
登科期，
书下影成双。
十年木，
苦寒窗，
栽得状元郎。

# 梦雨五言

纤雨连三日，
尘土尽入池。
夜溅如笙箫，
醒来晨觉知。

闺梦不复还，
只记片两瓣。
春眠不知故，
浪迹总昏黯。

才高五斗缸，
绝艺囤满仓。
花苑添锦簇，
一朝夺玉堂。

西湖断残桥，
柳浪闻莺闹。
孤山绕保俶，
雷峰映夕照。

# 难忘同窗情

——母亲大学毕业四十周年作

火红的年代，
汇集起你、我、他。
我们来自五湖四海，
为了共同的理想。
梦从这里展望，
从此情谊永在，
四十年始终不改。

青涩的脸庞，
粗粗的马尾辫，
是你们爱叫的“小东阳”。
懵懂的模样，
农村的姑娘，
围绕在你们身旁。
欢声在校园荡漾，
笑语回旋在耳旁。
难忘学军时的挎包，
难忘下乡时的行囊，
难忘搭伙过日的每一餐，
……
是你们手把手，
是你们心贴心。

点点的帮忙，
滴滴的厚望。

弹指一挥间，
岁月染白两鬓。
今夜又无眠，
时光匆匆如梭。
盛开心中的花朵，
追忆不曾丢过。

## 清明过

闲居三日久，
不知清明秋。
柳绿三尺高，
墙花缭边草。
扑身采粉蜜，
又惧花落地。
只是赏心浓，
不带半枝丛。

艳阳略显高，
却叹秋风扰。
山下有余霜，
青茶却遭殃。
勤农拂妙手，
难驱春寒走。
天若有情意，
人间春四季。

## 清明抒怀

早把清明祭，
肃立悲戚。
香火红烛点，
泪洒跟前。
锄新泥，
培头坯，
标白已高立。
坟丛衰草几经落，
黄花悼哀愁。
青竹又拔破土生，
阴阳却相留。
此时无烈酒，
却奈解忧。
回眸已远去，
伤情怎拒。

可曾记否，
攀榧树，

麦场逐，
赛弹珠，
祠堂温书，
郎朗荡深谷。
今昔触目，
残垣壁，
屋丁离，
梁柱弃，
碎粉瓦砾，
依稀难抹记。

祖父在，
梨枣丰硕，
忙采摘，
果实出墙外。
祖母在，
盆兰遍开，
路人采，
余香阵阵来。

而今无故，
岁月如斯夫，
情归何处。

## 穷志七言

乱云飞渡散去还，
直挂宏图系云帆。
偷去时日难转侧，
一口黄连道沧桑。

劈刀斩棘血如沾，
染透诗书溅楼兰。
跃池食鱼水偏急，
几缕青刺如针毡。

面壁十年已落寞，
翻江只为图笼破。
鱼虾白丁胡乱世，
海饮三斗再挣搏。

## 犬性

犬舍主自有因，
本是忠良心，
今何无情。
不因食无骨，
不惧枷锁紧。
自古来，

日守安宁，
露宿门厅。
守院景，
不贪吝，
堪称人类亲信。

谁料遭耻凌，
鞭抽血浸。
口粮剩萝丁，
窝里浇冰。
饥寒泣天明，
瘦成嶙峋。

沿角僻，
乞无依，
抢食粪圾，
只图天下无欺。

## 人生如酒

且慢走，
停歇在路口。
让春风拂袖，
把严寒赶走。
迷失的人，
不再徘徊转悠。

想起了那壶老酒，
醉了却偏不敲头，
甜中还伴着酸溜。
一杯饮，
解了昨日忧。
二杯干，
喊出一声吼。
三杯尽，
添了硬汉的刚柔。
喝了这壶酒，
即便风雪雨骤，
总能心中涌动暖流。

人生是那口烧酒，
火辣辣的，
猛地扎进了心沟。
人生是那口米酒，
甜蜜蜜的，
猛地抹不去醇厚。
人生是那口红酒，
香喷喷的，
猛地放不下乡愁。

生命不止，
前程无休，
是因为人生如酒。

## 容乃大

人生一世何时了？
曲折经多少。
空等圆月驾东风，
成败无从而去叹长空。
才华横溢今犹在，
只是须颜改。
问寻我今能饭否？
恰似百川纳海容擎舟。

## 山城夜景一抒怀

山城夜色清，
霓灯若流星。
荧光如冰柱，
垂条柳叶翎。

一道银花束，
春去嫣紫涂。
秋色总生涩，
冬临花不舞。

凌晨送学子，
飕风泛凉丝。
已是五月夏，
却留浓妆迟。

莘莘寒窗中，
读破孝林丛。
人间感有爱，
颂赞慈母浓。

## 神游

曲绕双江口，
俯望姜山头。
涉溪经礼府，
金鸡忙啄蚯。

悬壁盘云绕，
峡岭过峰高。
其良由此进，
雨过半山腰。

草足济月岭，
笼处现松亭。
天氧润肝肺，
石刻山早名。

扎堆百余户，
鹤翁擂石鼓。
老妪摘白茶，
桃尖万亩株。

## 赏荷三曲

——观梅园荷花图作

### 一

荷盘各自大，
翡绿托莲芽。
粉黛含苞绽，
羞开六月花。

### 二

满目荷花入，
竞相夺魁主。
不争高低下，
醉别梅园熟。

### 三

碧玉自成妆，
妩媚皆天香。
不知心归处，
此物思恋长。

## 师道

行三跪授惑业，
拜九叩传礼节。
戏如魂比天大，
拓功名莫得且。
学有成悬刺骨，
勤补拙另僻途。
思海崖卧薪苦，
书山难始于足。

秦汉赋孔孟道，
唐宋词余音绕。
元杂曲自多娇，
明清作后世昭。
千古明悠史浩，
凌云志万仞高。
吾辈孙一脉承，
弃先祖失本真。

## 嘱五言

施展今日起，
唯有赴求兮。
一生攻术业，
苦读须谨记。
学途如涉溪，
必先究穷底。
有志当作为，
成者自点滴。
万言催马蹄，
事后奋千里。
如父勇者清，
意愿此诗系。

## 食饱

食饱贪枕卧，
打更惊梦吟。
小酌女儿酒，
只闻断弦琴。
岂可助兴性，
图废耗光阴。
来之前程尽，
不复悠长心。

## 食桃

沃土埋，
春雨润峰，
直催粉花开，
嫩芽任摆。
松了土，
过一载，
满树盼采摘。
掀面纱，
露小脸，
含羞难掩盖。
只见她，
披毛绒，
头戴红，
根脉夹中，
一身青涩浓。
入了口，
细嚼后，
回味足够。
此物相思，
应是蟠园来，
难怪、难怪，
王母痛割爱。

## 思鳌头

浪子寻花柳，
怡香彩楼，
琴曲拂袖。
酌罢酒，
问君能饮几口。
两腹空丘，
不知何谓廉丑。
风花彻夜，
雪月狮吼。
挑盏油，
坐缎绸，
贪食酒肉，
更有淫谋。
自诩三九流，
不知何为愧羞。
苦思忖，
邪改正，
甘食苦粥。
奋回首，
与恶交斗。
立身后，
进取思鳌头。

## 鹧鸪天·思春

提笔难书落寞词，
寻春有意尽情时。
群山泉涌江流逝，
原野花竞蝶舞知。
织锦绣，展灵眉，
临别香艳却长思。
繁华烂漫无休绪，
几度销魂带雨痴。

费力穷搜描画词，
喜为春色郁华时。
远山青黛露疾逝，
近岸绿胭水尽知。
犬言旺，众扬眉，
开新时代善勤思。
劝君抛掷烦心绪，
实干图强乐业痴。

## 俗人词

青龙白虎天不惜，
只恐贪夫穷撞壁。
銮殿皇榜揭蟒才，

臣举国将预十载。
与天同作等生时，
求师作砚添谢辞。
诗文如册几多余，
笔触纷飞故交知。
锦上雕花俱墨垢，
日练终成亦何有。
狂野得失志座铭，
戏子相嘲酒罢后。
怀柔照水汇风云，
归门笔架无清尘。
天生得此痴闲物，
敏思避门超脱人。
金钱名利均不择，
文斗武魁能字画。
愿从孔孟学东坡，
仁者孝行持忠节。

## 思怨

墙头堆衰草，
门庭若寂寥。
锦衣绫罗缎，
沿街乞下腰。

文武重仁道，
攻学勤思早。
一枕青云梦，
雄志出剑箫。

河东三十跳，
往昔如割刀。
空等云出没，
日渐夕阳老。

神鬼本同道，
只因不相邀。
你走阳光道，
我行独木桥。

## 送达友人归去

鸿雁相告万里书，
杯水之情欲海枯。
初登巧遇曾相识，
柳裁双叶在杭都。

秉烛续缘论古今，
畅观风起月半寝。
兰花拂袖忆梁祝，

朝暮寄怀认知音。

草桥携彼黯无语，
赠下玉蝉作夜蛐。
此去光阴年载久，
他乡可有采篱菊。

理头清须送友人，
泪自双腮感挚沉。
云帆遥祝今别离，
夜梦繁多赋香枕。

## 岁月如红

脸颊上，
透出了一抹腮红。
不是胭脂，
不是涩相，
更没有醉浪，
诧异红自何方。
拾起镜子，
看到了模样，
这是自己吗?
芳华万种的自己吗?
历经坎坷的自己吗?
百折不挠的自己吗?
眼前的自己，
连自己都不知道是不是
　现状。
总是会恍然，
恍然年轮掠过的曲折沧桑。
总是会茫然，
茫然前方道路将何去何往。
总是会释然，
释然背负肩上的包袱行囊。
总是会豁然，
豁然世间仅存的温情冷暖。
公鸡开始了打鸣，
喜鹊跟着吟唱。
日头窜上了云岗，
万道光芒倾泻脸庞。
腮边显得更亮，
渐渐地发热，
慢慢地舒展。
再拾起镜子，
用心去打量。
脸颊依旧泛着腮红，
并且蔓延了四旁。
也许该懂，
掀去朦胧，
岁月总是匆匆。

## 叹春

北燕衔泥秀色清，
草绿羞容泛波粼。
遍是茂处琼花盛，
偶遇翎雀傲枝鸣。

溪潺无声悦耳畔，
梢挂墙头月渐冉。
移步清影随人去，
云遮半露嫌浓淡。

蘸笔挥毛写诗意，
丛林竞放斗艳奇。
休怪隆冬三九酷，
必是春暖又一季。

## 桃李七言

儒家书地桃李芳，
群子汇齐聚贤堂。
晨雨倾罢迎朝日，
重整江河助栋梁。

千古礼道辈相传，
文承武德切凉荒。
苦学能思求进取，
书山有崖勇登攀。

各路千秋自短长，
刺骨悬梁攻九章。
凿壁借光寻日事，
不驭功名立人上。

## 藤花落

梦醒来，
轻移步，
闻香举目。
望长廊如故，
草色悠菁，
碧水流连。
此片刻，
糊了眼，
瞬间魂牵。
藤若仙，
撒花翩，
铺地漫无边。
盖溪涧，
随流去，

一江春水觅。
诗人醉，
不知归，
只把心结系。
添笔意，
磨砚泥，
泼洒墨迹。
行云走，
文百斗，
且带伤愁。
莫眸首，
相思雨后。

## 元宵赋

尘途望路空寥廓，
缀点云雾亦蹉跎。
遥想近来月高挂，
掐指已到十五末。
腾云碧空朗朗春，
暖煦和风沁意损。
长龙穿夜报吉庆，
锣鼓震天定乾坤。
回首嫦娥广寒夜，
玉兔颂歌撒星街。
天上人间共一曲，
多少相思花不携。

## 吞云愁

吐雾休，
密云收，
青烟方入口。
拨两斗，
未入喉，
知否，知否。
断肠犹，
今叙旧，
破刀斩刚柔。
恨水东流，
且苟，且苟。
横眉对，
俯首牛，
又上写春秋。
江湖走，
拜把首，
虎落平阳寇。
龙陷乌有，

风华就，
弃红楼，
吟上梨花愁。

## 养休

薄酒润喉赴夜昼，
清神醒焦头。
一昏到艳阳，
倒卧在西厢，
夜风藏衣袖。
茗女煮茶端详后，
饱睡解俗忧。
有道借消魂，
闭门关风，
此处适静休。

## 夏夜

乌云回，
密布堆，
风口催惊雷。
龙摆尾，
击鼓捶，
寸雨不飞。
花枝立，
现草低，
热浪奔袭。
一缕间，
黄枯盖绿意。
蚊虫狂，
势必倾巢动。
路人匆匆匆，
笑它扑空。
挥头额，
汗如雨，
蒲扇何用，
却道：入夏中。

昨夜长，
梦思乡，
见那峰峦叠嶂。
柳条飘溪岸，
山风浸凉。
睡中人，
床头上，
棉被盖层半。
侧翻身，
露脊梁，
却道：入风寒。

觉醒来，
却叹哉，
身在他乡外。

冷不丁就入了眼，
泪儿紧接着滚出眼帘。
不是啼哭，
更不觉得无辜，
而是渴望独处。

## 夏日飞花絮

行在路间，
抬头阅览风景，
忽然风吹起，
花絮乘机翩翩。
这个时节的太阳，
那么的烈，
却任由她多姿摇曳。
只见她，
一会儿崭头，
一会儿甩袖，
一会儿留眸，
似丝、似纱、似棉。
她翅膀很小，
所以飞不到云高。
她身型很轻，
所以跑不过飞鸟。
她只是可爱的精灵，
纯粹是为了增添热情。
赏她丢了神，

## 夜“敌”来犯

掀开窗，
找寻清凉。
风儿立即吹来，
顿时，
神清倍儿爽。
扶头遥望，
弯月紧偎着云瓣，
格外皎洁明亮。
星光扑闪扑闪，
用心点缀了，
那漆黑茫茫。
夜色里的风，
总是飘飘荡荡。
夜色中的景，
总是阑阑珊珊。
一不留神，
嗡嗡嗡嗡……

晃悠在耳旁，
蚊虫乘机捣蛋。
苍蝇块头大，
也跟着莽窜。
猛挥手，
拍下了两只。
摇起蒲扇，
渐渐地，
静静地，
又回到了悠扬。

## 望天

云被风吹淡了，
雾被风打散了，
天空呈现湛蓝。
黄河扬波，
见了天空却不敢兴风作浪。
昆仑巍峨，
见了天空却不再辽阔宽广。
因为天空无边无岸。

望着天，
心立刻被撑大，
悄悄地学会了攀登峭壁
山崖，
血迹就这样留下，
褪去看到了伤疤。
直到日头高挂，
屹立在天空下。

日复一日，
风雨交加。
年复一年，
花开花谢，
匆匆地就轮回了百年。
什么是五味陈杂，
去品了个尽。
什么是百感交集，
去尝了个遍。

回到原地，
又看到了那盏紫砂。
望着天，
我端起了那壶老白茶。

## 嬉笑散作

笑过青竹叶落西，
柏寒松韧催风急。

未将蓬头披荆去，
留下碎末换布衣。

真君不识货真假，
直把穗稻比金牙。
吆来刚鬣拾绸缎，
几斤绫罗作犬裳。

花轿横街过闹市，
鼠辈藏头露尾志。
不知哪家配情郎，
谁入洞房作花痴。

不食人间烟火肉，
偏尝鸡爪烩鸭头。
满汉山珍视尘垢，
独爱野草山花诱。

## 嬉食龙虾

——与徒子共进龙虾餐

与两小嬉伴耍，
入金楚虾皇食。
方见孩童长牙，
今朝成人兮。
胸有金戈马，
能描风雪下。
十年木百年藤，
但愿功名成。
映辉霞，
衣锦还乡人。

南瓜上架，
蛋黄一抹提身价。
紧跟藕片夹，
配口清茶。
偌大排骨糖醋，
酸溜甜味搭。
空等不愁，
闲聊自多话。
铁锅炸出户，
辣红开肚，
满盘龙虾出炉。
不禁无度，
莫耻笑，
贪吃已暴露，
难得再糊涂。

## 小病吟

晕头锁骨泄力遒，
四展鹏翅汗彻收。
不拢炎日当空侧，
销魂游离失雄赳。

举步难开飞毛腿，
悬空不见丹气归。
惫眼流星无金烁，
曲断销音渐靡毁。

通天难熬老君炉，
金刚不坏枉废乎。
一味苦药忍吞下，
竟开云花去零枯。

## 忆华容

彻夜擂鼓传，
群英横尸上，
赤壁悲凉。
军师妙计安，
携手公瑾郎。
痛打黄盖老将，
无愧忠良。

万箭穿，
火烧江岸，
燃舟百万，
溃难当。
曹军大乱，
枭雄孟德慌，
御驾临战，
转危难。
败逃华容岗，
遇云长，
大义且放，
虎归山，
三足鼎汉。

## 心中的雨季

是该嫌你还是厌你，
淅淅沥沥，
你把阳光关在了云层里，
阵风直窜胸怀。
是该爱你还是怜你，
淅淅沥沥，
你把云朵裹在了密布里，

凉意直奔心底。

枝头被你“践踏”，
零落了一地。
山花被你“蹂躏”，
碎散了一席。
泥土却不作声，
也许她已被你滋润。
溪流也不回答，
也许她已被你搅浑。

记得你也曾风情万种，
绕过高山，
跳跃巅峰，
架起了七色彩虹，
美得令人心动。
记得你也曾肆无忌惮，
冲走泥墙，
到处泛滥，
掠去了万里堤岸，
恨得令人心痛。

可我却，
偏爱你的模样，
时而大方，
时而平淡，
时而狂妄。
可我却，
偏怜你的浩荡，
时而浓妆，
时而自然，
时而望穿。

## 忆大唐

恭请九五尊上方，
祝捷首战汾阳王。
五御天朝安史乱，
一辇妃子倾长安。
国栋纷纷谏奏本，
际遇良言拯河山。
劳民何须修长殿，
动众兴师兵马沧。
节后荔圆奉谕旨，
快马飞送华清上。
乐奏婢女凉州唱，
了却奴家忘思乡。

## 忆秋志

春红残冬最忆秋，
略尽谷黄，
解去布裳。
知雨丰水及时来，
燕巢归时，
夜满屋楼。
人自淡泊任摆由，
一触心头，
两腹藏愁。
此情足以消走，
横眉冷对，
俯首为牛。

## 悟

尘风去，
人世间，
情追何往。
直上扶摇九重天，
落入井底做蛙仙。
忘却悲喜交加，
抛空名利铜钱。
草木皆无情，
瓦石本无心。
今去三米远，
茶水凉五年。
岂可为此滴血，
岂可为此流汗。
忍吞不言，
自吁笑我癫，
何必在乎这。
凡是一针线，
针儿尖，
线儿长，
钻口且难，
不同抡枪耍刀剑。
恰似人生如麻，
学穿针，
思引线，
足以自勉。

## 悟人和

言重即生事，
凡心愚人知。
不慎卷风丛，
回马遇火攻。

只因和言煦，
反将雷点聚。
大千众目睽，
愧问当自居。

修身行万里，
百炼承刚毅。
善行普众生，
切忌恶盈起。

捧心无私来，
不求携草去。
朗朗乾坤里，
我自清河溪。

## 战秋滨

延边烽火燃三日，
摩拳擦掌复开疆。
前方告急少人马，
千钧蓄势剿苍狼。

镇守十里草木兵，
铜墙铁壁安营寨。
直取荆州逼太守，
只恐乌纱丢城后。

御敌勇冠撼三军，
兵戈铁骑寇贼侵。
一捣平阳今盛举，
换来多少血雨腥。

朝日彤升复晓春，
白鹭点水润红唇。
几株葵梅早悬挂，
绿野遍地绘荷花。

## 想起放牛郎

山脚边，
田洼畈，
那丘深水潭。
青藻显得杂乱，
在水面上丛长。
远看像是一块翡翠，
跟前倒是一抹碧湾。
大伯在这里取水，
再到地里浇菜园。

大妈托着脚桶，
在这里洗衣裳，
时常忘了回家做饭。
老牛在这里猛喝水，
似乎渴得发狂。
村子不大却很高，
难得见到这么个水潭。

又想起放牛郎，
儿时的伙伴。
他的名字叫永刚，
看去其貌不扬，
但心底里最善良。
他不爱多说话，
总是咧嘴笑。
黑乎乎的面庞，
两颗虎牙特别白亮。
这会儿带我上山打枣，
过会儿又推我爬到树梢。
秋收后，
村里遍地金黄，
大豆、玉米和高粱。
他让我骑到牛背上，
牵着牛去一个个赶场。
我第一次看到了，
收获后的农忙。
从早到晚，
只有牛在他身旁。
每当到了暑假“尾巴”，
我将背着书包返乡。
天蒙蒙亮，
他和牛早在村口遥望。
山路十八转，
直到模糊了脸蛋。
含泪回了头，
看见了老牛，
还有那个放牛郎。

## 童年

——2018 年“六一”儿童节作

一张张笑脸，
一副副童颜，
写给我们的童年。
泥巴脏了手，
弹珠比准头，
皮圈射得远，
纸包拍翻天，
皮弓打下鸟，
铁环滚着走，

丫头跳皮筋，
围坐丢手绢，
老鹰抓小鸡，
蚂蚁搬苍蝇……

就这样天真地，
荡起秋千，
驾着跷板，
爬上滑梯。
撒开了跑，
仿佛翱翔在蓝天，
记忆悄悄地留在了心间。

就这样快乐地，
放着风筝，
推拉车轮，
踏着脚蹬。
撒开了闹，
仿佛遨游在海面，
回想静静地堆成了果甜。

## 新途

入海藏头蛟，
另辟负鸵鸟。
卧薪尝苦胆，
越甲吞吴妖。

千磨励雄志，
肝胆催鞭驰。
跃马扬尘去，
荣辱共患时。

乱云飞竞渡，
暮色辨征途。
劲松仍从容，
险峰峭巅处。

## 自量

一

偷日不觉浮年过，
一事无成近不惑。
平生学艺志未酬，
苦行慎独结子硕。

二

韬文成章胸有墨，
武功不凡覆铿火。

豹胆向天借百年，
千钧蓄势待重搏。

## 望紫藤

一

俏挂长廊紫琼淡，
衬绿弯枝逐上攀。
只见山女背颜去，
不识娇容花亦返。

二

倚栏长去无人赏，
不是春茫暗自芳。
藤花紫瓣悬空去，
几片生灵又添香。

三

远看画中生，
近处绽紫藤。
人去还留步，
寸草恋尖棱。

## 西湖五月赋

湖自断桥残雪影，
雷峰辉映夕照晴。
苏堤晓春花欲折，
柳浪莺歌闻陇昕。

道济井底取料木，
灵隐禅钟扎山孤。
六和听风浪涛尽，
岳王祠前栖霞路。

梅坞龙井早翘头，
万松岭上眺鼓楼。
三潭交相赏明月，
曲院荷风吴山秋。

南屏桂雨随风落，
玉皇峰顶祥瑞多。
深山古寺竹磬径，
黄龙吐翠虎跑过。

北街梦寻立保俶，
三台云水踏姑苏。
九溪烟树十八涧，
湖滨飘雨润丝竹。

## 樱花啊，樱花

不知何时听说樱花，
总想慕名去赏她。
究竟有多美，
我却无处可查。
带着一颗心的复杂，
朝思暮想啊，
渐渐地也成了疙瘩。

有人说她无暇，
雍容不在之下。
有人说她挺拔，
华贵而又脱洒。
有人说她婀娜，
美丽透着淡雅。
有人说她多姿，
清秀吐露芳华。

樱花多次去了梦里，
我在花丛作画，
浓香溢染了枝架。
粉蕊在一边悠闲地垂挂，
一朵萼叶绽出了初芽。
稀疏的落花掉进了土洼，
跟着泥土点点长大。
醒来已是阳春，
又听说起了樱花。
魂牵梦萦过后，
心中依旧是她。
还不匆匆出发，
不得不寻她回家。

## 煦午繁花

——友人嬉金职院

已艳阳，
云霞淡，
万里碧蓝，
试比东海浪，
却胜之千万。
嫩草畔，
百花竞放，
芳华吐沁香，
一目十行。
鸟欢畅，
粉蝶采蜜忙，
点花房，
拨丝乱，
怡景似雅畈。
湖面上，

烁波光，
清粼映侧岸。
传书朗，
学子姗，
三五结伴，
伢儿已茁壮。

## 惊骇雨

### 一

闷天盖地胡乱倚，
头顶云层落山怡。
轻抹天窗仍无雨，
几多闲风化丝济。
雾笼远眺胡乱离，
不见飞鸟携风逆。
流尽长江浪涛水，
汇聚倾盆捣洪堤。

### 二

已闻河风涌，
偷早避日空。
不请风雷电，
留我做神龙。

### 三

笑破天墙，
恐惊仙，
败露阴晴变。
招来绸雨，
乱雨烟，
腾云牵，
却报摆宴。
哪路客，
敢多言，
登上凌霄殿。
卷珠帘，
直取尚方剑，
斩阎罗，
换人间。
五月缠绵，
春雨碧连天。

## 炎夏呕墨

旭日眈眈满城楼，
火焰山下煎桐油。
借得芭蕉盗铁扇，
惹怒牛魔战石猴。

枯草残头燃灰烬，
四野飞灰无洲汀。
祟云覆盖透羽翼，
哪有惊鸟效施鼙。

孤芳怡景艳消陨，
独樽闺下候书君。
华章砚台早碾墨，
一支狼毫无处寻。

久有求字访门庭，
婉言谢客避月清。
投笔不是寻闲物，
凝神一泻字流轻。

戒燥戒骄，
人生初海蹈，
漫漫荆棘斩拦妖。
当自立，
再登高，
奋学耐煎熬，
勤读唇舌咬。
莫撕叫，
不吃苦怎逍遥。
亲辈寄厚望，
切记、切记，
不贪玩，
先争光，
重整待河山。

## 赋俊锴

——闻中考捷报而作

捷来春讯早，
今晨晓。
童娃辗转夜愁消，
只因中考。
投篮作先锋，
文笔出鞘，
志存千里盼出头。

## “创文”先锋

——2018年金华市创建国家级文明城市作

树旁杂草丛生，
楼道的牛皮癣一层贴一层。
油烟四处呛人，
厨垢堆积如粪，
垃圾高过了帐篷。

烟头随地可扔，
管道雨污不分，
路边摊无照无证。
共享单车缺头少轮，
空调外机落地未高升。
煤饼炉照样苗火腾腾，
苦口劝导遭来了路人蛮横。
一顶小红帽，
配上红马甲，
走街串巷，
挨家挨户。
汗湿透了全身，
脚磨出了疱疹，
一个个笑着但不吭声。
“创国文”一刻也不能等，
为了大金华文明成风。
社会主义核心价值观，
引领时代的先锋，
带领我们再出征。

## 问徒

足登色鬼布，
云走行五湖。
修道得圣贤，
吟读孔孟书。

当下问弟子，
可否诵唐诗。
满腹空纶在，
少墨赋华辞。

憨食几颗米，
余后收谷粒。
驭驶五车驹，
学富无止期。

领进叩至诚，
风清气术正。
勤能补愚钝，
余力覆求真。

## 2018 国庆

三座大山压身肩，
匹夫有责义勇前。
北赴驱虏黄河啸，
推翻蒋家改换天。

亿万炎黄遍地隆，
四九开国屹华中。
天安门前站立起，
五星照耀东方红。

如今揽月连五洲，
四海捉鳖捣通酬。
同心共筑强国梦，
世界之林占鳌头。
社会主义价值观，
核心思想抒新煌。
天若有情得民意，
人间正道谱新章。

## 隐者泛语

落山无偶且邀求，
余秋小闹犯乡愁。
求存孤寒袭冷雪，
避门上锁听风吼。
不贪世俗珠宝气，
远离尘喧漠北游。
乘兴寄书寻出处，
惜别高堂乘轻舟。
旧友来相见，
盛宴即兴留。
无银手中出，
义薄慷解袖。
泸酒斟满泉，
重逢似情柔。
此去无风险，
归醉已倒头。

## 下厨七日

休满七日闲空假，
顿饱三餐竟高雅。
孝行何须成快婿，
柴米之中烹鱼虾。

蜗居窗内非裙衩，
观文便知和天下。
民食为任几人为，
父母高堂比天大。

油盐千颗粒如麻，
巧妇不如一手把。
饭后光盘红颜笑，
汗累无双暖融家。

## 蓝色防晒衣

天蓝蓝，
海蓝蓝，
海天一色的行装。
有人叫你皮肤衣，
是觉得你薄如蝉翼，
和皮肤友好地在一起。
有人叫你防晒衣，
是觉得你顶得住紫外线的侵袭，
对着太阳都敢还击。
你如丝滑，
你如绸缎，
粘在嫩嫩的肌肤上。
不仅仅挡住了烈烈的阳光，
还保存着悠悠的清爽。
一阵风唰地吹来，
立刻甩开了滚滚热浪。
几时泛起了秋凉，
拿出你裹着煦暖。

## 读兰亭

逸峰永和年，
娟秀若蝉沿。
崇山突兀起，
小桥细流添。

癸丑暮春初，
丝竹一殇乎。
静躁不同遇，
抱悟各匀疏。

观宇之大俯，
游目骋怀足。
天下行书最，
书圣独风骨。

兰亭会稽山，
茂顶织阑干。
未尝临文嗟，
喻之后世叹。

## 赏玉三得

### 一

红髯关公偃月挑，
丈八蛇矛喝单桥。

长坂血溅救斗伢，
黄忠不服七旬老。
马儿勇冠战吕布，
五虎上将蜀汉骁。

二

玉润琼珠翡翠倾，
连峦无瑕跪天灵。
一百单八皈禅佛，
默手双揖祷世平。

三

鹊登衔枝早报春，
喜获新生渡沧伦。
门庭祥瑞家兴旺，
仁父慈母万代孙。

## 上学儿郎

穿上爸爸买的新衣裳，
背着书包上学堂。
从今天开始，
我是小小读书郎。
大清早，
妈妈煮了两个鸡蛋。
把我叫到了一旁，
认真对我讲，
考试要拿一百分，
争取勇夺冠。

梦从这里远征启航，
人生充满理想，
攀登高峰是前进的方向。
我要做个好榜样，
团结身边的小伙伴，
一起去放飞翱翔，
一起去描绘篇章。
人小志气涨，
不怕苦不怕难，
我们的前程充满阳光。

## 与百灵鸟对话

哼着儿时的童谣，
意外地迎来了喜鹊的拥抱。
情不自禁我会心一笑，
声音好像很高，
穿过山林越过树梢。
百灵鸟好像不服气，
骄傲地告诉我：我唱的才

是最美妙。
我转过声，
偷偷地使出了绝招。
唱了一曲：得意地笑，
把百灵乐得笑弯了腰。
百灵说：叔叔唱得果然
比我好。
我回答：知识不在多少，
努力没有坐标。
百灵从此不再骄傲。

## 中秋小假来客说

叔姨驱车宝马，
寻婺州天下，
只因常把汝牵挂。
近来忙中无暇，
难以归家，
思念遥知路马。
晨日隐隐，
掐凌钟而发，
人之血肉岂容草麻。
亲情无碎杂，
何谓百善孝为大。
沏泡团圆茶，
酌于中秋小假，
四海游子聚笼沙。
天公作美雨，
虽无朗空三月绿。
雾飞邀来叙，
只因心儿乘性而去。

## 临海邀客

山草逾路过，
车行挨近坡。
不是他乡客，
奔赶祖屋座。

东江临海近，
古城紫阳滨。
长城修作古，
东湖泛波潋。

同窗四十载，
情深筑抒怀。
每来携手聚，
畅遥夕阳外。

此情水长流，

岁月流金后。
青丝鹤发增，
不减余志酬。

## “九一八”

血仇屈辱史，
奉天陷危池。
关军巧嫁祸，
东北无天日。

一朝复辟梦，
宣统御驾身。
满洲傀儡下，
遍地露尸横。

少帅家国仇，
背负不抵寇。
易帜改国军，
赵四随其后。

二战起烽火，
疆土竟躏夺。
陕北初拂晓，
义军渡黄河。

## 云澜吟

阳光出道八月骄，
西出残火于人熬。
断水清茶少茗香，
青梅望思渴已消。

垂头皱眉心所适，
几片云花抱来迟。
桂开几月熏人醉，
询友却答三不知。

择日争春多魁首，
撞辰后夜闯天狗。
圆缺咫在云窝处，
或阴或晴七夕后。

## 人这一辈子

把岁月捋一捋，
谱成一首难忘的歌曲。
激情时高音是那么的多余，
因为听不到绚烂的尾序。
凄迷时低音是那样的畏惧，
因为唱不出欢快的词语。

打开依稀的往日，
光环在照耀着英姿，
背后却走过无数坎坷曲直。
荣誉在书写历史，
却道不尽流过的苦累酸渍。
人这一辈子，
父母血肉所赐，
记录了大爱无私。
人这一辈子，
成长赋予良知，
秉承了家风训示。
人这一辈子，
经历跌宕不止，
学会了谨言慎思。
人这一辈子，
风华不过如此，
看淡了生老病死。

## 仲秋偶畔

十里丹桂出墙来，
欲滴琼浆映蕊开。
只因天上仲秋半，
请来吴刚月下栽。

映下思亲渐年衰，
团圆时节倍念怀。
捎去雕花香玉饼，
俯首苍天拜高台。

非是草木野地埋，
血肉尺骨融大爱。
离家千里终有归，
不辞泰山别沧海。

## 侄儿小动动

手机在一旁扑闪，
是“梅梅”的视频请求在跳转。
心里一阵暗自的喜欢，
为我驱走了劳碌的心烦。
忙点开一看，
圆圆的脑框，
大眼睛水汪汪，
虎头虎脑的模样。
看到了我胡子拉碴的脸庞，
笑着使劲叫“伴伴”。

突然不留神，
一滴口水“不小心”滑
到了床上。
用小手使劲戳着键盘，
深情地对我张望。
这是我的侄儿，
一个小光头上了场。
孩子最懂得情商，
只是不那么“健谈”。
他知道谁的爱最漫长，
他希望亲人围绕身旁。
谁说他才三岁半，
谁说他只会尿炕。
其实他比成人更有思想，
他等着周末回家的“伴
伴”“咯咯”“酱酱”。

## 共产党来了苦变甜

挨着铁皮马鞭，
仇火在燃点，
血泪淌在了地面，
做牛做马在人间。
你可怜，
我被嫌，
口袋里没有一厘钱，
被褥里没有半丝棉，
黑暗中度日如年。

拿起镰刀斧头翻了天，
挺直了腰肩，
砍断了锁链，
虎口里脱了险，
狠狠地打了老柴的脸。
砸了地主家的店，
开粮仓分良田，
洗刷了百年的贫贱，
可以告慰祖先。

红太阳照无边，
共产党来了苦变甜。
劳苦大众心相连，
亿万农奴携手牵。
跟着党意气风发志越坚，
跟着党昂首阔步迈向前。

## 凝药道

坐立稍安稳，
眸红血冲浑。

因疲积郁出，
是该妙手春。

疾苦安天大，
愿作行云侠。
济世悬医道，
自抚谁出家。

百纳取精良，
枯木熬神汤。
天地孕六味，
地黄本草纲。

## 似雨

天公骄横，
劝降一抔雨。
炎炎几许，
寸草欲焦焙。
昨夜似有微微，
乌龙漫卷挑云黑。
恰天师捉鬼，
忽闻风吼，
却无惊雷。
十里不见偶风吹
纸伞相随，
空握只当马鞭催。
若遇贼，
今朝定讨霉。

## 劫后思

丘貉兴风作浪，
无雨搗浑清江。
唯慰天下不乱，
自诩明主高皇。

嘲讽人头两面，
笑看鼓蚤百变。
世态唏嘘炎凉，
鼠辈劣行獗馋。

井石并非朽物，
岂非难得糊涂。
穷有诗墨填饥，
不为平阳落虎。

祈得尚有良纯，
渡人载舟天伦。
百年而后化骨，

且留一处独尊。

## 历朝百代

蟾宫舞罢凌霄曲，
流落凡尘雕婵玉。
女娲炼石补天阙，
换取人间多壮举。

夏商开元立朝纲，
武王伐纣拜姜尚。
春秋战国风云幻，
秦王称帝统一疆。

东西两汉多明主，
仁德施政诵儒书。
三足鼎盛群英霸，
封侯拜将论五虎。

两晋百年十六国，
南北边塞平争夺。
隋唐后世贞观治，
李杜诗篇誉盛作。

宋祖南下叹西子，
临安何时撤马驰。
辽金兵临欺汉民，
大元归一列强死。

明回北居紫禁城，
崇祯景山缢成仁。
满清入关镇九番，
且后康乾难复生。

## 卖油郎

——再吟越剧毕派剧目《卖油郎》有感

春宵不思卖油郎，
叹更坐等梳妆旁。
青楼女子献才技，
夜半笙箫奏乐凉。

琴曲琵琶丝琴扬，
扮作笑脸伺客方。
谁遭凌辱风吹叶，
泪洗浇心似绞肠。

守身如玉卖艺唱，
贞洁婉拒鱼水攘。

朝思钟点频频日，
奴家卑贱遍鳞伤。

莘瑶已是花魁娘，
欲寻短见奔黄粱。
方昆相助终脱虎，
喜结秦重情两厢。

## 压惊

今息闲居醒，
慰养伤不轻。
浮影须渐过，
山栀助压惊。

菩石自攸定，
檀珠固揪心。
吉人化凶灾，
自沐诵经霖。

云高不愁顶，
风和日傍晴。
我自福命大，
几世得救星。

## 又见“拾玉镯”

又在黎明的花季，
与你不期而遇。
今天没有下起小雨，
思绪倒有些迟疑。
空荡荡的心，
没有被悬起，
却赶走了灰色的记忆。
我在糊涂的梦里，
看见了倒影中的依稀。
那浓艳的粉底，
还有舞动的袖衣，
跟着台步轻快的飘移。
门前一把米，
喂饱了下蛋的鸡。
羞看菱花，
镜子里芙蓉欲滴。
青涩在懵懂面前荡起了
　春漪，
不是贪心拾起来了玉镯，
是因为跳动的美丽，
引来了傅朋的着迷。
多余的刘媒婆，
自讨了无趣，

一段千古的姻缘，
被演绎成了经典的戏曲。

## 吾母颂

——为母亲获首届医学功勋奖作

穷壤一座天马山，
风门岭上十八弯。
仙居距此十余里，
淤湖荷莲田中岸。

严母金菊持家门，
慈父臣府勤作耕。
孕子十三所剩六，
承前后辈忠义人。

家女梅兰多读书，
风霜雪月冻双足。
东家借米西凑粮，
不够熬煮饱一户。

那年兄长送杭城，
求学医大杏术耕。
返乡不忘农家女，
几朝风光风满腾。

多时从政弃乌纱，
要留仁心愈百家。
妇科泰斗做常委，
高登市府进人大。

今得功勋名至归，
未辱天使志不悔。
自古彪炳浩青史，
甘作螺钉再尽瘁。

## 因为你们我感到幸福快乐

——母亲四十年同学会诗朗诵作

青春就这样走过，
羞涩的滋味还没有尝够，
晨钟已将年轮带走。
岁月是经得起碾磨的，
把所有的沧桑洗去，
留下我们赖以炫耀的历史。

背影里长满了艰辛，
没有色彩的童话，
才是最动人的故事。
异常朴实无华，
散落的流沙，
再一次被海纳汇聚。
一串串热泪，
滚烫的像是饱经了沸腾，
滴下就是一个烙印。
无需去掂量这份情谊的分量，
因为已重如泰山。
心里透不出一丝秋风，
彼此就这么握着，
久久难以分开。
四十年改变了很多，
青丝染成了白发，
苹果脸已经往下耷拉，
玉手裂出了松花。
唯有这颗火红的心，
和当年一样激荡高涨，
没有因为流逝而减弱频率，
不会因为疏远而褪去色泽。
我们与时间赛跑了大半辈子，
这一刻却希望时间可以凝结，
锁定今日的欢声笑语，
留住雷打不动的纯洁友情。
此时此刻，
我想认真地、欣慰地对你们说，
这一生这一世，
因为有了你们，
我感到无比幸福快乐。

## 嘱儿七言

九月蓓蕾欲盛放，
少年先锋红旗扬。
五星一角系领巾，
昂首举目行礼彰。

东苑莘莘书声朗，
大鹏展翅育寒窗。
十年树木绿成林，
园丁无私育春芒。

伢儿养在温室中，
不经风雨怎腾龙。
胸有笔墨识天下，
不吝勤思多用功。

父辈无才两手空，
留下几缕草诗丛。
难为靠山助余力，
穷笔添绸寄予浓。

## 四十同窗抒怀

——母亲四十年同学聚会归来作

同窗泊五海，
赤子笼沙来。
丹心从未去，
志同抒感怀。

光阴流金曲，
难忘今宵聚。
高歌唱红梅，
拭去黄花雨。

夕阳自多娇，
桑榆倍青高。
工农商学兵，
举杯在母校。

华发盖英姿，
苍痕勾纹丝。
不服六旬老，
革命永不迟。

## 处暑

旱中忽胧色，
蓝彩雾来遮。
裙衣着半身，
秋莅夏不舍。

减去炎头热，
暑消浅过河。
忙去觅霞云，
朵朵向天歌。

黄历渊自古，
节气二四书。
年过七月多，
处暑后白露。

## 夜读放翁

侧卧三更少酣意，
夜赠狂雨作知己。
读来闲诗托轮月，
又见鸿雁家书寄。

相问婉妹可同去，
放翁却恋沈园聚。
不将结发梳头篱，
少伴恩情老来叙。

城头告急溃兵乱，
沿途百姓愤悲怆。
北去南朝临安城，
直上京都奏昏皇。

山河犹在国已破，
寸草零花耐作活。
义将骁勇兵戎遇，
文臣披甲钢刀磨。

## 大暑

夏历丙辰卯时历，
大小暑至六月中。
首五日前萤火生，
次土气润故郁蒸。
后雨时行湿减弱，
季过转度立秋衡。
双抢稻禾七月熟，
木棉入药解毒瘟。
乌梅止咳烂煮微，
香薷饮凉和中回。
季月戒食千金方，
沉李浮瓜置清泉。

## 天转晴思

骤风托物不由情，
唤雨催凉时节到。
山内已结白霜露，
城外稍暖忘招呼。

长念老父更衣否，
食之面饼充饱腹。
勤母日夜忙操持，
家兴业大留福祉。

睡意贪早夜深沉，

雄鸡一叫打三更。
汝家小儿书灯下，
七岁学子初换牙。

度日一载岁堪过，
月收俸禄千有余。
未有任业安国邦，
初心纹丝定石磐。

## 头面谣

缕发油头大，
洗净飘秀发。
不顾蓬松腻，
生来张舞爪。

清水舀两瓢，
一梳到髻角。
本是美髯公，
剃去面生娇。

个个臭皮囊，
投胎扮脂香。
精气神来往，
美丑在心肠。

## 孝义满天

小长车水游龙，
焦头行路匆，
本是山水景，
人满水泄不通。
雅士留家中，
喝墨饮诗浓，
壁立当翁公，
自诩当代卧龙。
面带狰狞恐，
声吼若洪钟，
实属仁孝俯首中。
忠骨堪松，
节气揖恭，
为人者少大空，
贵在行动。
丹心达豁了于胸，
人子多效从。

## 寄唯一

温文侄女入学坛，
儒雅夹带三分涵。
潮王转角连朝晖，

百年工大育尖端。

今得名校熏李桃，
必修正果成佼佼。
学海穷灯点星硕，
茫茫江汉奋志高。

嘱咐千言无疏近，
一心交得又添亲。
朝思燕寄诗雨霏，
持法正义捍太平。

## 富女贫嫁

怡红八月花，
绣枕牡丹嫁。
轿前拜月老，
洞烛龙凤榻。

高堂染鹤发，
慈眉富地甲。
家财良田亩，
五禽膘肥大。

独女许农夫，
真爱无贫富。
愿结连理枝，
白头眷相顾。

入门为郎婿，
抵过半子居。
勤做继祖业，
孝感谱新曲。

## 寒露

草露边白似秋霜，
故乡更欲北风狂。
鸿雁来宾不礼遇，
菊有黄华蕊交黄。

不闻虫声平日烦，
荷残顶上蘸飞蝉。
重九慷慨借金秋，
燥令手把虚脉搬。

悯农种麦打豆场，
不由思量即霜降。
风摇九月愁玉坠，
枝动惜少米珠糠。

## 山水有色

夕照湖光映山岗，
独舟卧湖影成双。
零茶砂盏星罗布，
画墨铺张衬书堂。

竹把倚杆横排放，
不见游客入观光。
晚霞邀作共吟曲，
今朝作伴踏异乡。

## 山花烂漫

枯萎的山花，
经历了秋雨的洗刷，
显得滋润柔滑。
那一抹残缺的叶瓣，
也添上了小蔓。
抹去身上的泪光，
用粉黛为自己画上妆。
悄悄的素颜，
才是真实的美奂。

承受多少起伏激荡，
历经无数惊涛拍浪，
终究宁静安详。
毕竟暖阳已然灿烂，
为它抚平创伤，
又为它助力芬芳。

山花盛开不会很长，
美丽悄悄地躲到一旁，
我们只记住对它的欣赏，
却忽略它在不断地成长。
它也许不懂得烂漫，
可它无比坚强，
没有温室花朵的模样，
却孤傲地在山中异彩大放。

## 巧妇难

大卸肥鱼肉，
米饭等上口。
缺点蔬青叶，
无荤也下酒。

开怀先有后，
菜板切不休。

不慎丢盐包，
厨艺愧上手。

美食可将就，
填饱腹中忧。
巧妇难为炊，
觅师绝艺求。

心萌暖日相伴，
不过腊月食糠。

## 思三首

### 世道

世上能者为虎，
秀才不屑眷顾。
胜败未定输赢，
稀罕所剩鸿儒。

### 且看

愤嫉忍吞蛇胆，
苦搅肚中尝甘。
穿心万剑鳞伤，
笑看风云轮转。

### 寒凉

冬衣薄如蚕衫，
刺骨抱团驱寒。

## 思亲七言

周末还家已成然，
母亲忙理备食餐。
他乡佳肴色香味，
不及一口卤菜拌。

出门谋生知艰难，
思念长挂心痛忏。
生来血肉非草木，
未到中秋奈心酸。

为人父者方有感，
可怜多日望眼穿。
祈愿神明多福佑，
换得双亲青丝返。

## 思梁祝

又忆化蝶草桥拜，
同窗共读伴兄台。

可惜梁生天资愚，
不识男女三长载。

十八相送望君归，
长亭惜别心已随。
身许九妹自做媒，
定情之物玉扇坠。

师母挑灯透钗裙，
巧系鸳鸯拨雾云。
员外嫌贫爱富贵，
聘收马家定婿君。

一腔哀痛英年逝，
只叹呜呼悔恨迟。
烈女拒亲哭坟前，
不求独存共赴死。

## 开路有益

别把眼前的那条路，
活生生地堵死。
开路是造福，
封路是祸渎。
懂得予人一条宽路，
自己才能畅通无阻。
即便走不上阳光大道，
也不在乎挤过独窄的木桥。
每个人都有自己的征途，
匆匆忙忙、劳劳碌碌。

人活着一天，
就是无数次的砥砺前扑。
刚穿过崎岖的弯弧，
又登上巍峨的险处。
刚迈向泥泞的滩涂，
又走出荆棘的迷雾。
有路就会有归宿，
开路就会是超度。

## 您的叮咛

当我走进校园的那一天，
躲在爸爸的后面，
害怕与您相见。
远远望着您的脸，
可就是不敢靠前，
您笑着对我把头点，
并叫出了我的大名。
我傻傻地望着您，

您有一双妈妈的眼睛，
每当我忐忑不定，
都会温暖我的心灵，
给我注入平静。
您用手摸了摸我的头顶，
描绘了一朵彩云，
轻轻地告诉我，
如今你是小鸟丁，
将来要成为展翅的苍鹰。
翱翔无际的天边，
去摘下理想的繁星，
我记住了您的叮咛。
这一夜，
我来到了梦境，
烛光里的身影，
把我前方的路照明。

## 惜恋

我笑他人癫，
他人笑我狂，
嬉笑怒骂一了然。
不为先，
不耻下，
何必去羡仙。
正也好，
邪也罢，
自在留人间。
食烟火，
度百年，
空劳一世得圣贤。
不因香玉怜，
心勿念，
惜恋，惜恋。

## 想起牛郎织女

九天银河下，
两个身影若隐若现。
那是牛郎织女星，
一段凄美的爱情，
从人间飞上了天，
筑成了夜谭。

谁愿做牛郎，
能吃下一个豹子胆，
执手七仙女为伴。
即使离伤，
永恒的爱却依然。
养着儿女一双，

老牛跟在身旁，
思念日日针穿。
谁愿做织女，
能丢弃千年道行，
留在人间甘受平淡。
就算破窑苦寒，
身披粗布褴裳，
始终初爱不忘。
在天宫默默泪淌，
思念夜夜凄凉。

他们都在无力地期盼，
那七月七的月光。
是不懈的守望，
短暂的相挽，
在天地间延长。

## 戊戌中秋

恰逢金秋逾半往，
十五摆酒奉雄黄。
饮上三盏仙也醉，
精雕花窖倒珍藏。

后羿射日娶妻房，
王母赐下不死汤。
奔月怀搂携玉兔，
一飞九天情以茫。

有人只闻丹桂香，
待见怡娘独分赏。
思亲望书读家信，
未有团圆拭泪吭。

## 戊戌重阳

二九重日聚秋阳，
登高遍插茱萸长。
南朝梁人持青龙，
剑刺瘟魔固安良。

辞青渐凉伏卧霜，
糕米庆丰喜尝粮。
亦采菊酿一坛酒，
纸鸢飞处叹别乡。

削竹为马戏当家，
但将酩酊收百纳。
不作登临思已去，
一张丝帕抹珠花。

## 戏承

——忆电视连续剧《武生泰斗》感作

天桥流落卖艺童，
砸砖维计欺凌中。
得遇武斗林玉昆，
钢球退去花虎虫。

收留门下承艺雄，
造就京昆后青松。
世间名伶吃尽苦，
血汗终换一朝红。

乱酒不慎腾马空，
飞腿翻落瘸脚龙。
自弃济南云侠客，
红宝许身作嫁人。

三天炮戏誉京城，
北平遍吹小林风。
无中受害击鼓泪，
清明坟头留脉根。

戏比天大铭刻骨，
百代千传梨园路。
不忘前贤立新志，
为留无悔炳青书。

## 戏说

山无花红怨叶青，
蝶彩妆成竞玉婷。
乾隆寻嫔访江南，
烟雨楼畔在金陵。

风花不是滥情物，
红豆朝思暮生疏。
红墙边草泪满襟，
深宫不知寒门苦。

文武满朝子孙袭，
公爵顶戴朱门立。
三代托孤继鼎位，
马褂绫罗锦袍衣。

## 成自少年苦

忆寒窗初，
学子吃尽人前苦。

家贫如洗物，
慈母且缠足。
挑灯半夜卖纸糊，
日进铜板三钿。
九口伢儿难饱腹，
餐餐草根填肚。
亲父早已故，
屋中塌梁柱。
寄予长儿九岁成，
卖身苦力人，
堪受鞭抽凌辱。

所剩仅一孺，
自小聪慧阅卦谱，
墙头啃读，
东西跪借墨，
替人写对书。
偶得口粮济家娘，
那年风雪降，
京都诰命传，
万里徒步应试上，
谁料中皇榜，
书童飞马家书传，
一朝衣锦返村乡。
功成把名扬，
叩首慰高堂，
养育之恩岂可忘。

千金万两，
难买少年寒酸。
千辛万难，
难就壮志愁肠。

## 打开窗

打开窗，
吸纳清新的空气。
窗外的四季，
在不断地交替，
每一轮都给人们带来欢喜。
走进春天的画集，
流淌夏天的汗雨，
收获秋天的麦粒，
滑过冬天的雪梯。
一段段故事，
精心地编织在梦里。
一点点花絮，
在时光中成为追忆。

又打开窗，

苍蝇和蚊子抱成了团，
同时发起了攻击。
索性拿着网拍扫去，
猛然打断它们的飞翼，
吓得仓皇逃离。

再打开窗，
望见稀疏的晨曦，
感觉不到是否已经换季。
直到风儿习习，
想起昨夜洒过雷雨，
路边汇起了小溪，
等到了久别的凉意。

## 披萨与果茶

一个西餐饼，
取了个雅名，
叫披萨。
几个水果，
一起被榨汁，
叫果茶。
小伙伴们够潇洒，
跑进麦当劳，
啃着披萨，
溜进肯德基，
喝着果茶，
时常忘了放学回家。

而我却有点傻，
突然想起了老奶妈。
灶锅里糊的米饼，
又香又脆又大，
用黑芝麻点撒，
饼面上泛开了芝麻花。
推着石磨，
黄豆浸水入锅，
磨盘在手上不停地搅和，
豆汁胜过了奶茶。

任由你走南闯北，
任凭你贫穷富贵，
思乡，
总在你左右！
那是童年的贪嘴，
那是成年的口味，
那是暮年的伴随。

## 持家三日

安家数日厨为经，
不厌腻油裹上行。
菜肴荤素三餐展，
色香熏绕月山庭。

自小懒勤总有度，
早不贪睡晚归宿。
礼数未请孔孟教，
四书读破三千注。

口悬兵剑架钢刀，
心藏柔丝情义高。
粗中添满小簇叶，
玉宇全心付家小。

## 晨忆昔年

帘外涩涩几更明，
初醒已知今日晴。
儿鼾高起熟睡中，
懒读四书诵五经。

秋临大半零落叶，
是否炎迟不忍别。
朝九晚五穷途志，
忆昔奋年光阴窃。

曾几黎前作武功，
赶起吊嗓至日笼。
千锤伤累刚并济，
一代名伶幕谢空。

悄逝人海西湖里，
断桥今日望苏堤。
古荡钟声翠苑静，
别颂梨花始寻伊。

## 母亲的生日

这个生日家人没在身旁，
您却过得十分飞扬，
四十年的同窗围着您转，
生日歌唱得有多欢。
璀璨的红烛隆重奉上，
一派动人的景象，
场面是多么的震撼，
情谊自古重如泰山。
望着亲昵的脸庞，

多少回思念望穿，
梦中你们连番登场。
青春的伙伴，
虽然岁月染白了风霜，
却一个个抖擞强壮。
为您送上吉祥，
为您祝福安康，
兄弟们拍您肩膀，
姐妹们把您手挽。
岁月的波澜，
丝毫没有让深情抹淡，
反而像陈酿的老酒，
透着岁月历久弥香。
回到家乡，
孩子听您讲述了那一晚，
跟着您回味分享。
您闪烁的泪光，
告诉我，这将毕生难忘。

## 曾几何

曾几何，
流星飞过黯色无，
辰夜仍依稀。
人无归宿，
自浪迹漂流，
直把柔情寄月初。

偌大天际，
难寻栖息地，
空有彩云万里，
自诩碧蓝相依。
喜鸟哭泣，
泪作雨，
一泻长空风满欲，
润泽涸地。

## 望晴三首

望而雨不止，
听声长窘时。
谁爱这般天，
无奈困作诗。

有人问相知，
骄阳挂几尺。
借来后羿箭，
少射一轮日。

无台挥墨字，

叹罢寻姹紫。
懒散云中鹤，
草书流芳世。

## 民国事

降雨催风寒，
日出筛晨倦。
玉树银花拽，
路遇少年挽。

硬汉剥虎胆，
不及陆小曼。
破规立常俗，
志摩娶心兰。

女流几分端，
怀压多少酸。
解下石榴裙，
抵过俩夫男。

民国佳人怨，
风流绯红传。
史上遭风月，
满城青女欢。

## 泄愤五言

### 一

鼠患横逼来，
小蚤跳梁台。
无奸不当道，
昏君末朝衰。

### 二

忠良告老去，
残逆堆虫疽。
何以兴家业，
难词共一语。

### 三

北风乘隙捣，
远离赤桑逃。
全无初心忆，
心安且下腰。

### 四

白纸书端弊，
拍案撕颜皮。
上苍佑吉人，
天相保生机。

# 洗革词

洗心换肺净五脏，
革面清须泛额光。
德品双硕欲正果，
修指红甲血方刚。

春风过季不争姗，
补气神来揽前川。
壁立拨兮千仞巨，
五岳雄岭捷足攀。

风急驰雨月钩寰，
不止吞云寞志烦。
消停不解激情意，
贵有贼心除奸悍。

# 烈日行

烈日当头火焰下，
路面似蒸板。
鱼虾铺上，
三俩晒肉干，
倒也喷香。
砂锅等入汤，
姜蒜备齐，
料酒加白糖，
一道饱食美餐。

小伙吊裤衩，
姑娘披短装，
老头狠摇蒲扇，
老太包裹布毡。
唯我独行，
顶日步行上，
得遇心静能凉，
自赞炼火场。
试比赴汤蹈火，
算何难，
自古多冷暖，
人生豪饮须尽欢。

# 爸爸与孩子的对话

孩子：爸爸，你的脸变得又方又圆了。

爸爸：因为没有规矩不成方圆。

孩子：我也很规矩，怎么是长脸？

爸爸：爸爸小时候也是长的，因为小的时候都不会太规矩。

孩子：我想变成方的脸或者圆的脸。

爸爸：那你就得从现在开始规矩，包括吃饭、睡觉。

孩子：明天开始做起。

爸爸：期待你变成方圆脸。

孩子：爸爸，你觉得什么脸型最好看？

爸爸：当然是方脸和圆脸最好看。

孩子：我觉得妈妈的瓜子脸也很好看。

爸爸：也许仁者见仁、智者见智吧。

孩子：奶奶的脸不是方圆的，她也很有规矩。

爸爸：奶奶是爸爸的妈妈，她把方圆给了爸爸。

孩子：我想全家都变成方圆。

爸爸：家里爷爷和爸爸的脸是方圆了，已经够了。

孩子：是不是所有不是方圆脸的人都不规矩？

爸爸：那也不一定，只是相对而言。

孩子：那到底是怎么回事？

爸爸：这这这……通过努力，所有人都会变得方圆。

## 立秋

问寻朝霞天逾高，
山花浪树荡轻摇。
听声还望三两目，
报鹊心头喜藏娇。

天色连连碧空净，
洗落尘埃焕越清。
酷暑难消炎头闹，
几聚雷声化雨汀。

才知已逢二六时，
立日放晴过秋止。
云堆何处吐凉意，
一季光阴介于此。

思来覆去犹多忆，
春蚕做茧自缚里。
夏蝉嘶叫赶蚊蝇，
又催麦浪早碾细。

## 玉观音

木盒罩谦玉，
琢器沉中居。
巧夺造天工，
观音诵莲曲。

羊脂玉净明，
柳叶问三清。
普度有缘人，
四海亦明镜。

有福得此物，
俗尘莫妄图。
积善求功德，
慈悲安欲骨。

## 略生力

稍有回转神清意，
安枕入眠九更起。
拨去山栀压魂面，
足下乌云彻黑底。

清水吞下粉三七，
化瘀功效逾颗粒。
含口糊涩一丝甘，
苦药融水健韧蹄。

踢腿旋风游刃劈，
俯卧双撑臂留力。
开弓未持稳坐马，
架开悬膝摆步移。

## 立冬三首

### 一

淌水赤足彻溪孤，
门窗拒冷炼醒骨。
三请岁寒吟梅雪，
自去炭火借风炉。

二

一夜朔风堆絮裯，
纷纷零叶满墙头。
我自西风扫雪去，
贵有青松不负秋。

三

屋小取暖心，
过冬待年勤，
已是岁月末，
除夕几多近。
称回五花肉，
鱼虾铺干后，
立冬餐有菜，
把铲作厨头。

## 笑星陨落

——纪念相声大师常宝华先生辞世

天桥底下多艺人，
茶馆戏院迫谋身。
忍辱负耻强颜笑，
视同猪犬怨世恨。
说学逗唱捧逗哏，
达贵寻欢夜深沉。
启明茶社群英萃，
常家蘑菇誉京门。
抗美援朝长兄崩，
战火连天愤上阵。
一生海魄多杰作，
甘为后辈指迷愣。
人间少去欢乐神，
天堂添多不倒翁。
为有前往承遗志，
常远接力呈秉根。

## 破虏

悲壮一段铿锵，
硬骨是勇将，
且不说名扬，
休道喝断矛枪。
八千里披荆胆寒，
试与先锋较量，
所向锋芒，
胜败兵家寻常，
不可锐气丧，
拯河山，
岂可阵脚乱，

休整屯兵营房，
察点军粮，
待狼烟万丈，
破敌墙。

华夏披锦绣，
立潮头，
舞寰球，
泱泱屹五洲。

## 缅怀领袖

——2018年9月9日缅怀毛主席作。

九月九，
唯恐江山陷哀愁。
弹指挥遒，
已过四十二秋，
思忆伟大领袖。
赶走鬼子狗，
推翻蒋家寇，
换了人间自由。
登天安门城楼，
四万万同胞昂首，
昭雪百年仇。
一心为民忧，
一生为国谋，
东方日出燃透，
大海航行舵手。

## 育儿章

一

学业堪重倍研心，
雏小几周添羽鬓。
慈母手中无针线，
伴在灯下共学新。

二

望子得遇良师导，
花丛蓓蕾补拙高。
虽有天智满慧聪，
少份励志且空垚。

三

花去银两学九章，
为得全才异峰当。
不雕顽石难成玉，
魁元纸上有予洋。

## 脱险三思作

命悬丹心一线贵，
击飞崖石转安危。
纵使千锤百炼身，
撞挡冲击顿晕飞。

神将护体安无恙，
吉人自有天神相。
险来无患延福祉，
抹去消灾自做强。

八月忽雷惊天动，
枯蕾逢春皆崭红。
门庭赐有福倒挂，
燕巢安窝报喜中。

大有后福继行善，
风雨欲停晴日长。
漫看尘世禅声起，
多去人间少沧桑。

## 苍苍而上

涉溪而上，
水湍急潺潺，
洗足已凉，
畏秋寒。
时日不差秒月，
又是一夏苍苍，
年近过后削少半，
四季交替幻换。
青丝生白发，
两鬓银光，
不曾妄自想，
少年奋发垂暮降。
业未铺张，
志去黄河拍浪，
溅起千层越岸，
回潮两袖干。
人之贱骨，
挂起熏熏皮囊。

## 莫怕“鬼”

世上本来无鬼，
怕的人莫过有愧。
鬼不如傀，
有的人比鬼更可悲。
一个人如果胡作非为，

一个人如果丧尽良昧，
岂止魄散魂飞。

多做善事不是为了安慰，
而是少些追悔。
有福之人肯吃亏，
看到的也许是短暂的黯黑，
其实阳光即将照亮心扉。

别怕缠身的鬼，
一身正气让自己无所谓。
人只要不做傀，
人只要不做儡，
只要心灵美，
管叫日月围着你而追。

## 观山图文

隐在深林自作仙，
难得清静安如莲。
松高力拔悬石烂，
几树连枝共丝弦。

早补清露吸晨氧，
午沐光浴焕容芳。
夜渐三更挑星座，
眠头梦语睡熟酣。

云端白朵圣洁添，
觅处藏龙汇泉边。
修神成道千余年，
不及我归雾雨间。

## 记白露

一年二四节气多，
又逢十五白露过。
苍苍蒹葭凝瓦霜，
一夜秋雨巧成拙。

鸿雁南往北巢窝，
玄鸟不归觅食裹。
群飞养羞失情调，
落叶三候秋风坐。

## 赋元喜

羊三并聚可开泰，

元芳不辞狄相来。
喜倖明主则天帝，
最是慧眼重俊才。
棒打奸逆枉为臣，
了然于胸辨伪真。
是非功过天下白，
落雁鸣声铁荞开。
寞自居隐疏亲远，
人杰登拜武祠轩。
兄台守城边塞外，
弟子吟规尽周全。

## 赋裴艳玲先生

你自硬骨向天笑，
我作巾帼响九霄。
轻锣急鼓开场乐，
叮咯咙咚丝琴缭。

一曲人鬼情未了，
钟馗嫁妹抬花轿。
女版林冲夜奔袭，
哪吒闹海捣东潮。

三度梅花誉国宝，
名扬天下武艺高。
唱念做打聚全才，
京梆昆乱占头鳌。

## 路町兮

床头思罢入梦惊，
三日叩神祈福平。
窗打数天风欲乱，
解去缠麻两目清。

生者图存指长宁，
善后百年供神明。
为得坚者摧万仞，
枯木转春逢甘霖。

卸下万沉金盔顶，
解靴赤足步履轻。
翻身驾马高头立，
驰跃泥潭路已町。

## 路见“犀利哥”

见你衣缕褴衫，

蓬头搭起了蛛网，
皮鞋露出了八个指甲，
扑鼻而来的穷酸，
路人瞧见呕出了黄疸。
钻进垃圾箱，
老鼠一般乱窜，
也只有这里任你铺张。
剩下的菜梗，
腐烂的肉汤，
发馊的米饭，
都是你的美餐。
你不疯不傻却轻狂，
何必自作贱男，
这世俗与你岂能无关。
瞧你一副父母给的身板，
脚大手长，
多么好的福相。
不知为什么你入了“丐帮”，
世上只有一个洪七公，
会那降龙十八掌。
你没有打狗棒，
你也去不了华山，
你不是孙猴子，
怎忍心家里亲人在绝望，
狗一般流落四方。
你的路还很长，
希望有一天你豁然开朗，
背上行囊，
做一个堂堂正正的硬汉。

## 遇知

人在外，
谋主应惜才，
知遇感怀，
扶作青丝后生来。
弃前贤，
叹惜鬓已衰，
江山在，
忘了何将攻城台。

草木还生，
天地大爱，
雨露肥土助滋埋。
人非禽，
无兽性，
禽兽亦多哀。

## 荷塘月色

莲出淤泥中，
荷叶瑜盘空。
艳日照藕节，
欲高托桥弘。

赏悦悠步往，
醺醉小池旁。
偶然香溢出，
夜色映月塘。

诗人归来早，
吟书至梦挑。
三更秉纸画，
此景怎抹消。

## 闻醉酒·所想

今闻花醉不是酒，
赖是献百丑。
樽上花雕二锅头，
几两白干入口，
昏天迷离不着地，
胡话连篇首。
散神人不见，
躲进茅厕掏舌呕。
出来脱衣秀，
劲歌艳舞卖媚柔。
不屑靴袜丢，
鸡笼门开露链扣。
羞耻当前皮厚，
食得天下肉，
交得狐朋友。
莫忘君子坦荡立千秋，
且早罢休，
少寻忧。

## 雾纱

很久没有看见雾，
眼前清爽了许多，
因为女神从此不爱面纱，
神秘就在一刹那。
清澈的容颜，
怎么可以蒙蔽，
让世界欣赏你的美丽。
自信让你毫无顾忌，
从容让你自由呼吸，
做个真实的自己，

是多么的不易。
即便你丑陋，
天空不会嫌弃，
它只需要你，
一个湛蓝的天际。
都说云霞最有诗意，
无论你怎么样，
都盖不住它的大气。
在你的周围穿来穿去，
或大口呼风，
或笑着唤雨。
雾纱袅袅，
随着风渐渐萦绕，
远离了尘嚣。
不再与云霞比高，
不会有无谓的烦恼。

## 霜降

气肃凝连露珠弹，
红于二月叶秋寒。
雁影无踪差北近，
枫栌火焰似锦繁。

晚照流丹层林染，
口腹白萝咳化痰。
借问郎中几方药，
冬风盖世草木栓。

## 骆驼颂

衰老的骆驼在沙漠中前行，
每一步都是那么的艰辛，
烈日晒烤着额面，
行装重的如泰山压顶。
总算到达了森林，
却把驼峰中最后一点能量
耗尽，
呼吸也慢慢地骤停。
于是，完成了终身的使命，
然后，再也无人问津。
尸骨在风雨中年复一年，
化作肥料在沃土中翻新。

瘦死的骆驼比马大，
说的是骆驼的精神无价，
赞的是骆驼的品格高雅。
它不会去风云叱咤，
它不会去张牙舞爪，
它不会去争斗厮杀，

它不会去自高自大。
默默地把所有沧桑招架，
一步一个深深的脚耙，
无声地承载着重压，
直到最后无息地倒下。

## 静夜三思

理丝缠绕剪不断，
秀姑腻手针眼穿。
未定心神不宁人，
织线不愁绣凤鸾。

梦里无言问天阙，
几时嫦娥悔奔月。
广寒凄风冬日冷，
从此寂寞与春绝。

何来诗词汇瓜州，
清晨扰乱独坐修。
梧桐夜雨锁不静，
三更云游赋西楼。

## 食粮

——阅弟子《一碗饭的遐想》而感

米饭煮喷香，
地道农碾粮。
百日韬光晦，
雪润瑞月寒。

悯农锄禾土，
耕种历万苦。
风餐露雨宿，
忍饥冻僵骨。

颗颗来不易，
粒粒皆珍惜。
民之食为天，
百姓无哀戚。

## 一只鸟和忘词的老歌

嘴里哼着一首忘词的老歌，
唱给蓝天上漂浮的白云，
唱给大地间肥沃的土地。

我是一只不知名的小鸟，
连自己也说不出自己叫什么，
每天机械地挥动翅膀。
用不变的方式去飞翔，
只是为了寻找栖息的地方，
能喝上一口甘甜的清泉，
遇上一顿填饱肚子的美餐。
然后我落在了土地上，
找寻自己的伙伴，
为了不再让生活忧烦。
因为自己不再年轻力壮，
并且挥散了积蓄的能量。
总有那么一天，
只能蹲在潮湿的窝里，
望着远方的太阳，
皱着紧锁的眉头，
使劲把自己的后世做完。
兴许得到了同情的目光，
又能怎么样，
不期待还有什么奢望。
偎依在大树身旁，
奋力扯着破嗓，
把忘词的老歌继续唱完。

## 一生中的脚步

哇哇落地哭得一塌糊涂，
不舍暖和的娘胎，
还是不愿到这世上环顾。
身上通红的发紫，
上辈子定是坐享高官俸禄。
闭着眼睛还没醒，
睡了千年才修得这副架骨。
一天天一点点长大，
直到变成了一颗苍天大树，
在寒风中几经吹落又挺住，
在疾雨中几经打垮再续出，
手掌磨出了血泡结成了老茧，
脚底走出了裂痕扯破了鞋布。
一辈子总是在乐中伴着苦，
尽管会有崎岖不平路，
活着就得勇敢去克服。
看着自己辗转成老黄珠，
浓密的乌发掉得稀稀疏疏，
就这样一直靠近棺木，
魂灵漫无飘处。
人生是一场大剧目，
你方唱罢我方登堂，

活出自己的那一堆感悟，
与快乐并肩合舞。
平安就是大福，
别去计较是赢或是输，
挡不住的是那飞逝的年轮，
迈过去的都是自己的脚步。

## 三姑殿祈福

忽风摇坠春绘雨，
点柱高香拜三姑。
殿中诸佛显通灵，
五体叩首我皈依。

乐善秉道谢众生，
手有余银各好施。
诵经南无口中默，
一片禅心见陀佛。

度化前生今有世，
血肉连体苦修身。
若做僧徒求功德，
足下净扫凡尘落。

## 乔迁居

五洲园居御乾隆，
乔新迁此品俸贡。
金盆楼高徒脚贵，
少去余力费蛮虫。

高层临踞位盘中，
绿树林花艳纷浓。
湖畔喷泉球场闹，
早起彩光暖煦冬。

辛劳一生学硕通，
持家不惜各奔匆。
不添繁琐后顾勤，
父尊母慈子孙荣。

## 元旦

### 一

岁满腊日迎新硕，
月连新春报初朵。
时来水酒灌八仙，
百代千朝定前国。

二

首元晋书正立春，
介雅诗中万寿伦。
启令欢节庆平年，
不负华生卦舆坤。

## 乙亥年元宵

上元天官半月正，
良宵月圆九华升。
游龙竞舞摆麟翅，
百家欢种盂兰盆。

汉魏传节祭诸神，
隋唐至宋沿古风。
吕氏之乱后宫揽，
芦柴举火踩跷门。

芝麻汤团绿豆羹，
糯糖江米桂花蒸。
喜来逢聚阖家亲，
万户春门挂红灯。

## 五指山下，我的家

又在梦里看见了那条小路，
陡坡一样上去，
一直走到山脚。
两间房子白瓷砖的面，
一头包了铁皮的门，
这里静静地生活了 25 年，
一个大小伙儿的黄金时期。
这里有时很嘈杂，
邻居阿伴隔三差五地吵架，
砸碗声、拍桌声、尖叫声……
声声入了耳，
爸爸妈妈经常去劝架，
时间久了有些习以为常，
一月不吵反而不习惯。
半夜小猫抓老鼠，
挥动爪子喵喵叫个不停。
天刚放亮，
几条大小狗也唤不停，
这里从来不需要闹铃，
因为公鸡准时打鸣，
喜鹊早早在屋檐报到。
这里坐北朝南，
采光一流的好，

冬天的太阳晒到晚，
夏天的烈日不着边。
我们住在氧吧里，
四周绿树成荫。
山上种满了菜，
都是农民伯伯的口粮，
可以放心地吃到肚子里。
下山路过家门口，
都会放些新鲜的菜给我们，
我们不是这村里的人，
但是岁月已经把我们融合。
每当下起倾盆大雨，
山上流水哗啦啦地流过，
爷爷说这是发财水，
流过的是水，
留下的是财。
从村口走到家，
要经过七位阿婆的家，
她们打心里疼我，
总是留着好吃的等我经过，
久了不见还惦记着，
盘问我去哪儿了。
随着时光逝去，
那熟悉的门口只剩下了
　板凳。
想到了伏兔山，
我经常去锻炼的地方，
手里的老茧在那里磨就，
精干的“狗腰”从这里练起，
列排坐的五姓太祖，
还有山龙土地和地母娘娘，
去一回叩一次，
乡民们在这里获得了福祉。
深蓝色的门牌号，
被孩子带在了身边，
这也成了他的深处记忆。
山顶上的五块石头，
形似五个手指头，
所以得名五指山，
五指村也应运而生，
就在这山下。
抹不去的是烙印，
承载的是乡情，
无论身在何处，
还是去往何地。
别说是血肉之躯，
何况草木皆有情，
这就对了，
梦里的家依稀还是这里。

## 人前后事

主把内务勤里手，
辅就先属后顾忧。
一生终结灰飞灭，
魂归乡里杨家后。

山水张罗丝不苟，
追缅思怀客如流。
鞍前马后人还在，
多少面孔再续投。

三日帷碌有运筹，
虽疲不辞未睡休。
只为满园少凄泣，
独挑大梁万斤斗。

## 人生别样

生活实在是包罗万象，
一个人非得把心碾得很碎，
才能换来心底的纯粹。
有血有肉才有情感，
一切都是生命的行穿，
无声无息地苟活，
维持不了太多的残喘。
为什么那么多人渴望轰轰烈烈？
因为可以望见绚丽的火花。
你争我抢，你追我赶，
最后剩下的是那堵撞不烂的南墙。
也许点点鲜血会泛得很美，
可痛楚的伤痕结成了疮疤。
有的人怦然倒下了，
历史传颂着他们的功绩，
直到化为灰烬，
装进了红木雕刻的盒子，
可谓含笑九泉。
有的人奄奄倒下了，
无人问津他们的去向，
毫不大肆张扬，
是非对错都盖进了坟墓，
野火吹动着衰草。
这也是一生，
那也是一世，
无论长寿还是命短，
无论辉煌还是流浪。
求一个无愧，
得一个心安，
让灵魂莫去地狱，

升往极乐的天堂。

## 养儿之难

青涩娇儿宠，
冷暖少略知。
为人父母当，
养育栽培难。

塾学识认字，
文学理科分。
心智沐曦阳，
有足仞峰攀。

育子忧繁重，
老有所依身。
不凭衣食穿，
借他雄心胆。

诞下九斤肉，
还你一杯羹。
生灵辈代传，
吾孙承继长。

## 养生道

脂厚堆肠易伤肝，
齐桌荤食饱腹腩。
徒有臂力千斤重，
纵然英俊少年难。

贪食成懒暴饮餐，
不爱五谷伴杂掺。
炖煮有益鲜味美，
青蔬粟米几勺丸。

勤早而息多动弹，
手脚并举智多攀。
凌空妙意绝思起，
不为庸王作高参。

老有强健少马鞍，
日积操练月累烦。
善行天下多知足，
苟活百年心境宽。

## 再上气排球场

在最冷寂的时候遇见，

触碰到了你的玲珑，
并不知所措地把你举过高
空。
时常与你共舞，
洒下畅快的汗露，
在你的世界里激情环顾。
你的轻盈总是最美的跃动，
闪过每个人的手中。
是我做错了，
把你冷落在边琼，
远远望着那片火热的情浓，
就是不敢挺身与你拥融。
直到友朋们召唤，
心悸恍然畅通，
并不是移情别恋，
更不会言不由衷。
只是爱得太沉重，
怕自己配不上你的英容，
再一次走近你，
亲淡了你的腮红。
抱着你不再来去匆匆，
心中没有因为时差而惶恐，
岁月可以带走相思的苗种，
却留下不变的初衷。

## 冬至

夏对至冬周元旦，
数九初开始迎寒。
冰上杨柳雁南归，
农家耕牛犁上岸。

扁饺脍汤猪狗羊，
谷粒红豆糯米饭。
苏州酿酒尝麻糍，
阳生春又沸锅汤。

## 再近灵湖

第二次走近这个湖，
秀色不仅如故，
还增添了刚柔和大度。
不愧叫作灵湖，
通灵剔透雅俗。
水面微微如酥，
初冬的风裹在这里常住。
草坪低处，
恋中的男女忘我投入，
嬉戏的顽童拿着拨浪鼓，
尽情地奔跑追逐。

傍晚的日出，
完成了最美的归宿，
一道金黄泄满了四处。
游人们零零散散，
不禁拍照顿足，
携着手悠闲散步。
这里可以把烦恼扫除，
还你一个轻松的燕舞。
明日又将奔去忙碌，
回到自己的一抹领土。
此景那情显得十分悬殊，
请留下深情的爱慕，
快带走留恋的倾诉。

## 冬添连雨

一

几日寒嗖天，
霏雨半月惦。
日徒趋百里，
布鬼暂靠边。

二

天预告转晴，
多云化乌影。
冬娘惹不起，
只当劫花翎。

三

翼翼收冷袋，
泛起两红腮。
手足追上暖，
懒虫自修宅。

## 初冬

一

夜聚四龙点天兵，
护送风婆过江阴。
早知初冬无诚意，
偷取新袄换丝巾。

二

昨日薄青衫，
今晨披厚毯。
行去风挡路，
回头叶零残。

三

偶作冬诗长，
枯坐冷板。
不是闲来无趣，
因自胸怀沧桑，
徒有浪得虚名，
才情掀然。
又闻一丝霜寒，
忙取棉装，
无怀暖，
伴起一江颤凉。
何为情堪，
缕青丝变华簪，
壮志休挡。

## 十月十五日

新月迎头，
今夕是何由。
玉挂当空广袖，
明镜赛中秋，
忆雄黄桂花酒。
十月十五伴季走，
吴刚赶跑天狗，
空悬两弯钩。
广寒宫中少多愁，
俱往矣，
与之化仙柔。
昨夜长眠安休，
梦寻否，
吾爱嫦娥又转眸。

## 卷起珠帘

西风飒烈，
空留伊人风长斜，
眷似梨花泪，
侍衣宽解。
流水忽落离殇，
夜静寂谧，
细雨酥叶檀。
蔓上心扉相思醉，
叹可成章，
胭脂红颜攀，
四书五经泛黄。
归雁郁窗，
依仗声声怅，
浮水间抚琴已断肠。
残烛化，
不回晓风凉，

倦苏愁起春伤。

## 古朝列代

谕函一封书，
来客渊读人。
九五尊习字，
上封为太傅。
拜朕是元臣，
训示且门生。
几代育天子，
告老归乡逢。
荣登金銮殿，
且肯听言章。
治国问大道，
学而方有略。
开封打龙袍，
贤王辨忠奸。
母仪多宁慈，
后宫保朝纲。
民聊衣食足，
皇恩不负高。
英主千古颂，
万代列牌宗。

## 唐诗宋词与我

读过多少唐诗宋词，
与古人近在咫尺，
一曲曲未老身先死。
写不尽山河泪，
醉不倒李杜白，
千古美人红颜衰，
山河历经胜败。
人比黄花多少爱，
东坡笑她活该，
陆游拜别了沈园，
唐婉不会再来。
忘了将腊梅采摘，
一枝红杏出墙台。
原上一寸草，
野火春花吹又开。
疑是举头望明月，
思念起家乡的老槐。

白帝城上彩云间，
千里江陵望不到边。
姑苏城外的青莲，
洗了一把芙蓉面。
寒山寺孤寂了千年，
谁家的扁舟低。

两个鸣翠柳的黄鹂，
东吴万里无人可及。
三月的扬州烟花溪，
洛阳飘在春风里。
湖光秋色一层层涟漪，
却不知亭外坐着刘禹锡，
桂花凄凉地落了满地。

好雨降落的时节，
清明一路相携，
遥指的牧童有些羞怯。
不是故意把红豆丢却，
只因少小离家的一个心结，
二月的剪刀裁出了枫叶。
西北飞来的凛冽，
在华清池旁诀别，
小院中的绿树阴浓已凋谢。

## 商武

不由比干七窍心，
怎及闻仲武艺巅。
商汤历朝英帝出，
一代殷纣乱宫嫔。
文王安邦八百年，
渭河之上请姜贤。
堪乱治国真有道，
周武承志励惊篇。

## 唱起情怨那首歌

我想对着你歌唱，
唱出心中所有的感想。
你是否还清晰地记得，
那个很窄的十字路旁，
我们凝望着，
各自离别的身影，
许久不能释然。
直到一排路灯都熄灭了，
把冷泪轻轻地擦干，
去往背对的地方，
一别成了沉重的心伤。
梦里没有出现过往昔的片
段，
月亮却代表了心中的遗憾。
熟悉的场景，
都在灰色银幕中播放，
这里没有凶恶的导演，
更没有过多的观众捧场，

穿行的人群都在匆匆忙忙，
世界在这一刻只属于自己。
虚度的时间不是忘情水，
流逝的脚步炼不出绝情丹，
试着四处采摘断肠草，
可惜最后买到了无心菜。
最终还是点燃了烟苗，
把情怨艰苦地吞下，
把尘埃坚强地吐光。

## 大寒三春

### 一

岁末冷寂南下频，
犹喜高雪麦果辛。
鸟鸣报农丰时令，
三候溯风孵卵金。

### 二

家腌年肴煎春饼，
八宝炖子枸杞茗。
阳气未动身跃起，
症无顽疾褪愈轻。

### 三

我亦有心评心得，
故别暂此借枝折。
愿保乔木青松志，
扫去木兰终不舍。

## 四萍聚

艳丽春光柳杈青，
晓旭叠云婉邀亭。
不亚枭雄心踌志，
菁华拂尘再修行。

三生有幸经有聚，
青发同室投缘遇。
环宇之内局中客，
愿保护花所友侣。

## 夜雨浇心

贪点燃头烟，
雾口吐云衔。
吞没琐心烦，
欲有心事添。

夜酣五更吟，
苏醒梦点矜。
夜来风雨暴，
洗净思凡心。

## 大雪

号鸟无声催覆冷，
兰草微阳芽萌生。
冬姜腊肉打春虎，
青萝糙米菊茶荔。

江淮小麦油菜梗，
不冻倒春扑霜风。
千山鸟绝人无踪，
未结冰隆雪域封。

来年新馒腊肉蒸，
围桌温酒醉熏疯。
十全大补露灶台，
大雪浑飞九天胜。

## 奔跑的少女

清晨并不萧瑟，
恰是与万物热恋的时刻。
只是多了些懒者，
尽情地唱着鼾歌。
忽略了动感和快乐，
错过了陶醉的美色。
草畔的露珠，
出门的鸟雏，
脚下的壁虎，
跳跃的松鼠，
溪上的白鹭，
春风的吹拂，
……
感受着啥叫复苏。
忽然一个身影在眼前留驻，
回头却已飘忽。
一个奔跑的少女，
跃跳着脚步，
整齐地挥舞。
不知她身在何处，
我将如何找寻百度。
于是勇敢地成了跑场的“钉子户”，

直到我的灵魂掉进了山谷，
在徘徊中环顾，
消失在人群中渐无。
又做起了行客，
一个身影停下了电瓶车，
多了一些行头摆设。
惊喜地面对着，
时光没有泯灭您的亲和，
岁月是摧残的花萼，
在我脸上留下了沧桑的横
　褶。
我该为您道贺，
因为您的双眸依然清澈。

## 奔雨

城中告急涨水荒，
一夜冬霖待风干。
家中褥裤三朝挂，
未见朗晴托云淡。

日趋凉诱雨为先，
天界固有四季绵。
春暖夏炎秋冬寒，
预语获丰硕兆年。

吟字开马字横行，
忽见窗外转云清。
失而复得祥瑞物，
吉人暂且负名伶。

## 婵月

天际清海泛蓝，
碧皎直悬一弯。
欲穷万宇辽阔，
妄罢神目略怅。

孤零独来日短，
繁星慕思婉转。
寻藻赋首绝句，
抬望又见月婵。

## 小寒日

一年最冷数小寒，
三九前后裁衣忙。
雁将北回蜀道远，
鹊始遂巢补腊餐。

当归入姜温羊汤，
胡桃仁饼炒素肠。
前窗小梅叠凛美，
不误节气已二三。

## 小年早起

一

不思留心赖作皈，
消灾神咒解心违。
挑赶群鬼驱阎罗，
少双黑白索命追。

二

早窗无小莲，
请株谢盎芊。
口煮龙缸漱，
媲人虎门前。

## 小晴二日

朝思二日阳出塞，
撑杆晒被铺褥床。
潮风只滤黏裸角，
白费巧妇晾衣干。
屋内开窗翻箱柜，
季换更履叠层满。
鸡鸭鱼肉富有余，
子孙几代不愁穿。
三月阳春吊褶裙，
烈日套头哈伦衫。
深秋熨烫双面绒，
皮毛一体貂狐装。

## 小雪

一

冬腊风腌蓄御冬，
晒鱼储粮备糯种。
久雨歇罢晴晖日，
初寒叫色小雪浓。

梅度三苦傲芳丛，
兰菲少媚苑无红。
竹节失身故有意，
菊篱过而力拔松。

二

阴愁风袋里，
天女收雨季。
松枝弯腰去，
扑石扎土坯。
静思萦词意，
长拂斜日西。
山色玉成丘，
北风恐迟疑。

## 忆罢貂蝉

夜幕长空，
冬风衬，
细数品来续三国，
又闻貂蝉拜月。
香炉焚火明，
不负养育恩，
人之血肉躯体，
司徒如亲父。
再造奴婢之身，
舞刀弄枪且不为，
问当世奸逆称雄霸，
虎踞重镇十八郡。
挟天子令诸侯，
奉先收义子，
文武兼得虎添翼，
嚣狂指朝臣，
逐鹿封疆烈纷分。
如何离间计，
不是无故献媚，
险棋若不慎，
敢冒九族株连。
一诱董老贼，
二惑吕布归，
父子反目成仇，
天下乱烟飞，
自此千古名垂，
列四大名闺。

## 廿三小年

上天言下好事临，
回宫降旨送吉祥。
廿三灶君如端坐，
土中生玉地涌金。
抬头见喜门对贴，
五祀神佑福禄寿。
红联迎春门户上，
男子酌酒孺女旁。

婢子东施君莫怪，
鸡毛梭鞭掸墙尘。

把奈何桥喝断，
把地狱门震穿。

## 忍无而上

昂起卧龙的胸膛，
挥动苍鹰的臂膀。
脚步迈得宽广，
两肩压着崇山，
手脚被勒绳捆绑，
这一刻也要硬着头皮冲上。
跋涉峰峦叠嶂，
遨游琼海汪洋，
说得出多难就有多难。
只是置死地于顽强，
当已是遍体鳞伤，
地上是淋漓着血汗。
无助被骂得滚蛋，
人生何必去奢望，
哀求也被踢到了远方。
摸着嶙峋的脸庞，
双手青筋暴涨，
嘴里只剩下一口残喘。
假如生命迎来了消亡，
还要最后一次叫板呐喊，

## 戏说西园

襄阳才子游杭州，
行至江南下红楼。
一枝腊梅垂头过，
借花传情欲鸾俦。

赵家花园住英真，
继华巧遇意中人。
钟情辩乱鸯池里，
不久病故闻离声。

西院又见愁思腻，
误将香女但朝夕。
香珺劝说误绸解，
遂婚错爱配佳丽。

## 悼金庸

海宁才俊出名盟，
报界耀香揭世风。

华人首富独一株，
紫荆勋章授平生。

书剑恩仇碧血剑，
射雕神侣续百年。
倚天在手屠龙教，
天龙八部侠客颠。

鸳鸯刀下连城诀，
鹿鼎传奇婢女越。
白马引啸西风烈，
雪山飞狐惯残血。

江湖沧海一声笑，
独孤但求我自豪。
九四笑别人间去，
驾鹤萍踪不赴邀。

## 戊戌首雪

一

檐顶一缕千层白，
乍不留神芽绿衰。
戊戌飞天棉碎絮，
一觉藏揉非作歹。

二

昨夜偶感酷骤降，
繁景似花珠帘镶。
茫茫催冷零下度，
裹褥三日化新霜。

三

伴儿奔园逐雪地，
堆滚雕栏玉龙砌。
欢声彻响天伦乐，
此景直把人间嬉。

## 我们在童年里过年

过年了，
孩子们蹦得欢。
喜庆的小模样，
换上了马靴新衣裳，
从头到脚透着年味儿。
爷爷奶奶“无原则”的放纵，
我是怀揣手心里的小祖宗。
压岁钱塞满了储钱袋，

感觉自己“富得流油”。
小平板干起了“星球大战”，
追着原始森林中的“熊出没”，
迎接“小猪佩奇”一家的新春季。
3D 的感觉太疯狂，
所以地球去四处流浪。
微信上比手快抢红包，
视频里记录下我们的搞笑。

想想我们小时候，
过年的冬天格外冷。
“滴滴答答小广播”催着起床，
衣服裹得像棉包。
手捧一个炭灰小火笼，
和小伙伴到处放鞭炮。
到麦场上滚雪球，
堆了个戴着“雷锋帽”的大雪人。
手指冻成了“胡萝卜”，
一把把的黄豆放进炉子里烤。
围坐在电视机旁相互取暖，
欣赏着只有两个频道的节目。
姐姐们撑起橡皮筋跳起了“芭蕾”，
压岁钱“少得可怜”凑合着交学费。

你们的年，
我们的年，
童年、少年到壮年，
年年过大年，
难以忘怀每一年。

## 战捷二日

水满栓船目双红，
牛毛秃光力弛松。
步行百里堪游历，
手持铁刃拾荒葱。

山外野人披雨装，
枚扣别针套袖章。
八路人马轮番阵，
为战各领守一方。

虎穴盘驱误董潭，
卧骨残架翅肋膀。
弦来碎叶耐腹饥，
不足养身一羹姜。

## 拥抱新时代　共筑中国梦

——2018年民革金华市委员会新党员集体朗诵作品

那是1979年的一个春天，
一位饱经沧桑的老人，
在中国南海边画了一个圈。
从此东方睡狮屹立唤醒，
冲刺在世界起跑线上。

1978年至2018年整整40年，
在中华民族五千年的历史进程中，
是那么的微不足道，
只是一个短暂的瞬间。
可就是这一瞬间，
九百六十万平方公里的土地上发生了彻底的变革。
40年间，
祖国日新月异、突飞猛进，
谱写了一幅宏伟地华章，
铸就了伟大的中国奇迹。
那曾经的拖拉机手，
开上了新能源车，
畅游在港珠澳大桥。
大飞机飞出亚洲走向世界，
贵州的射电天眼，
护送着长征火箭，
搭载着嫦娥探测器，
遨游探索神秘的月球。
国产航空母舰，
乘风破浪、披荆斩棘，
捍卫了祖国主权。

忆当年，
百万知青在凄风苦雨中的无助，
当决定命运的高考来临时，
人生从此大转折，
苦难中走出的精英倍加奋进，
立志成长为四化建设的生力军。

又想起，
大包干时期的“大食堂”，
一日三餐吃不到一顿米饭，
而如今人人都小康，
丰衣足食、名牌时尚已不再是梦想。

深圳特区，
一个小渔村变成大都市的神话在这里缔造，
杀出了一条血路。
当代中国建起了世界命运共同体。
改革的红利惠及全球。

这不平凡的40年，
在中国共产党的领导下，
各民主党派兄弟姐妹们，
不忘肝胆相照，
不忘荣辱与共，
不忘众志成城，
不忘披荆斩棘，
不忘砥砺前行，。

金华的40年，
谁能想到，
“鸡毛换糖”可以变成“世界超市”，
“义新欧”班列可以开进马德里，
小小义乌享誉环球。

谁能想到，
“有女不嫁横店郎”的小镇，
数年之间可以媲美“好莱坞”，
一句流行的“北漂”已被“横漂”所代言。

谁能想到，
砸锅打铁苦力匠，
蜕变成“天下打烙在永康”，
“中国五金之都”与众泰汽车王国并驾齐驱。

谁能想到，
八婺大地历久弥新，
现如今高铁林立，四通五洲，

成为浙中大地一颗璀璨的明珠。

白驹过隙，时光荏苒，
习主席带领我们共筑中国梦，
奏响了新时代的号角，
赋予了新时代的使命，
注入了新时代的力量。
金华民革人，
走在时代的前列，
高唱时代的凯歌，
勇做新时代金华精神的倡导者和践行人。
一句信义和美，
让我们对前景充满展望。
一句拼搏实干，
让我们挥动起豪迈臂膀。
一句共建图强，
让我们融入了滚滚潮流。

金华必将大有作为，
勇做赶考者，
争做答卷人。
我们无惧无畏，
征服扑面而来的一切挑战。
拥抱美好时代，
手握参政议政的标杆，
奉献自己宝贵的春春，
贡献自己火热的激情。
出发吧，我们沿着社会主义大道奔前方！

## 拨火

气打一处来，
贵手谢高抬。
一夜不知觉，
晨火使容衰。

革履外架摆，
脚蹬布鞋迈。
焰气即燃起，
雄火叠成灾。

拂袖燕尾甩，
积郁压腔怀。
控去步行急，
暂且云花外。

## 新居庆

天罡晨起早，
摆贡朝神香火烧，
诵经千百遍，
虔诚叩天地。
三柱清烟穿云绕，
云霞初见，
祈佛显圣难灾消，
五福高照。
卷袖布裙腰，
刷锅抡勺，
荤素配档现佳肴。
金面馒头，
红糖发糕，
麻糍杨梅果，
红枣莲子作汤浇，
鸡鸭鱼虾不可少。
一杯贵州鸿茅，
千杯醉不倒，
祝福二老，
益寿延年福气好。

## 措疾

人小抗体弱，
寒袭少衣裹。
菌种乘虚入，
高烧疲力拖。

食药几日多，
起伏未消浊。
直奔中心院，
稍能睡一卧。

吊瓶三日说，
只因细胞祸。
偏高不达标，
猛药除疾措。

## 春曲

不觉新春已尾随，
腊梅春阳盼人归。
交头相问怎过春，
媳娘新衣春花对。

画眉留春丹凤萃，

春来头花总为魁。
除夕几日春宵刻，
诸家春莅年将瑞。

## 普度

卑鄙层出，
池林鱼龙贱骨，
剖心解囊赤无色，
善心不忍睹。
天有神目，
将扶正剿诛，
正道堪当沉浮，
洗礼九流可识孟儒。
存世何以入土，
犬兽不如，
禽畜无由非故，
杀不尽奸狐。
清风昭雪，
愿得南无普度。

## 有良知的“香烟”

世上所有的烟草，
其实都是上好的良药。
与身俱来地透着熏香，
绽开的叶子释放着力量，
能托着幼嫩的花蕊，
努力朝着太阳升起的那方。

从远古走来了一个叫“尼古丁”的，
烟草无疑是它最好的搭档。
它们毫无顾忌地结合在一起，
从此出现了一种产品叫“香烟”。
七大洲五大洋范围内，
只要有人的地方就有它的存在。
经济指标里有它的一席之地，
风云外交凭借它运筹帷幄。

尽管它有数不清的害处，
无休止地威胁着人类健康，
针对它的禁令从未停止过。
但它很有良知，
在自己身上醒目的位置，
贴了“吸烟有害健康”的

标签。
面对爱它的人还是憎它的人，
没有因为饱受争议而失掉从容。

## 望东南

择路而往，
回望今思步，
有情非彼有意，
真诚换此歹敌。
逢生绝处，
靠天罡助无影，
叩地宝扶无门，
猛撞铜墙铁壁。
破头尺皮，
血染滴漓，
活生生印了记。
自当去理乱丝，
即便纠结八百匹。
世上纵人作贱，
其貌不陋，
遇表穿糖衣，
面露绵羊底。
狼贼饿食颗颗人心，
探问试否，
几颗填饱腹。
讥笑答来，
人间肉池不尽。
汝即默语，
长望东南苍天。

## 望雨悟人

这天偏生奇，
夜静无鸟飞。
剑光引出窍，
一觉达晨晓。
又见疾风吹，
霎时布余雷。
且行故呆愚，
休整河山去。
人面画肤皮，
神色伪心绪。
今生皆过客，
行善莫从恶。

## 柚赋

此果生南国，
田苗棚中长。
甘甜苦微涩，
皮黄散回香。
未见枝叶弧，
根擎入尺方。
始因摆设用，
渐入雅中餐。
祛火解淤毒，
清凉通胃肠。
老少无所斥，
大小各扮样。
红缀连骨朵，
珠连各厢房。
红白都裹内，
其味不成双。
早闻司徒说，
连年赠摘尝。
嚼疑远古味，
世间食来往。

## 梦西子

忆书临湖，
换作繁天似人寰。
掩保俶翠柳浪，
处处亭阁挽。
荷花轻窕映水，
出淤莲叙分明。
别来无恙经旧友，
冬日才相逑。
楼外片儿川，
断处已断残蹂。
别了雷峰夕照，
一路灵隐禅钟敲。
别了二十小载，
总是萦思夜扰。

## 正月十三思过

正月十三诞闲云，
此刻元宵起灯时。
锣鼓初来喧声到，
春来总把爆竹鸣。

母怀十月育千辛，

难产急奔东城里。
生来四斤九两肉，
温箱续日转危安。

苗稚难以自肥沃，
哺羊取奶添饱食。
十年培植茁青林，
拔地七尺彪悍高。

## 正月半思

春假舒人早，
深思七日少。
前程理丝去，
叩路指茫桥。

休整数千阙，
静去繁星夜。
生我起灯时，
元宵舞龙崛。

月下影成双，
绣锦针头乱。
解下马上匹，
鞍前挑几担。

## 武风

誓守襄阳家国恨，
五绝出招斗金轮。
玉萧碧海桃花落，
武当太极过问多。
群雄逐鹿轩辕台，
笑傲令狐华山中。
乾坤挪移拂穴手，
少林易筋金蟾箝。
凌波微步一阳指，
六脉神剑白马寺。
降龙十八蛤蟆功，
九阴至阳先天通。
黯然销魂痴情在，
棒打双犬逍遥游。
玉女天罡北斗阵，
左右互搏自创成。

## 汇群英

——参 2018 九三青信工训

### 一

十月半冬似阳春，

三江六岸和风顺。
一厢铭志成和谐，
聚首朝歌启新轮。

二

满园新枝含苞放，
百花群簇照肝胆。
与共荣辱共奋进，
民主科学谱辉章。

三

社情通贯天下贤，
民意负重百姓间。
一片丹心赴汤在，
不惜神机议金点。

## 洗心录七言

坐朝真命一代臣，
手持尚方仕当稳。
太保先锋十三子，
藏机难测王自封。

胸有伟略难堪任，
自去春江桃花藤。
修来正果若仙君，
余生几度早纵横。

金犬一载叫无声，
守岁前夜贪睡枕。
功名利禄谁说好，
不及辱做世俗人。

## 涌泉攀橘

九曲山脊迂径弯，
羊肠宛过车停旁。
欲随青峰云潺绕，
高处不胜遍橘黄。

天降甘甜赋涌泉，
东临碣海咫尺缘。
群手折枝摘不尽，
满载群箩自岙川。

## 游江南长城

江南雄风历劫衰，
破虏倭寇筑城台。

两岸黄萍未知磨，
台州府邸临东海。

金汤固若无所失，
平定不胜覆殃池。
王都已定中原去，
浩史狼烟身先死。

步伐栈道履足匆，
跨城南北卧虬龙。
老骥伏枥仍迈进，
英年追逐赛稚童。

## 狂“乱”谈

诗如画，
纵谈唐宋八大家，
可知地阔天大，
我自不在话下。
看不惯李白醉酒，
体恤不了杜甫眉头，
笑问白居易不续弦后。
三苏佳作虽裹兜，
只是妙笔联手。
韩愈高拜相侯，
少来舞动拂袖。
安石曾巩欧阳修，
欠下柳宗元读羞。
清照一曲人比黄花瘦，
叹千古文人雅士柔。
文墨不嫌笔旧，
草纸落千秋，
茅坑底下出成就。

## 狗尾湖塔

### 一

远眺白塔天外天，
雾湖相隔更无边。
成群狗尾遮不住，
一株独高矗立前。

### 二

踏寻冬泥护温花，
暖荷苦恋藕莲芽。
兰亭留下王家笔，
不是太白醉书家。

### 三

旁骛之景少烟火，

独径为由渡舟过。
江海琼楼虽琳琅，
该是人间取意多。

## 登高望远

山有多高，
无法丈量它的尺度。
巍巍的泰山之巅，
皑皑白雪的珠穆朗玛，
在心中不仅是一个海拔，
它所彰显的是不可逾越。
素不相识登上你的额顶，
历尽了千辛万苦，
跋涉过跌宕起伏。
直到汗水与鲜血交织，
洒了足下一路，
记得脓水的胀痛，
忍着破皮的酸肿。
疲惫地睁不开眼，
耗尽了所有的精气神。
不过每当站上了制高点，
一切都渐渐淡然，
珍惜并享受那些过程。
没有被成就感熏得膨胀，
而是苦尽甘来的悦欢。
山有多高，
心就有多大，
不因高而放弃攀登，
无畏地砥砺前行，
才会换取豁然开朗。
山有多高，
路就有多长，
不因难而失掉进取，
无惧地迎难而上，
才会感悟登高望远。

## 百年清史

爱新觉罗女真族，
努尔哈赤骋赫图。
满清太极建年号，
顺治皈依脱尘俗。

孝庄母仪力挽澜，
辅保玄烨平疆番。
雍正先勤安天下，
乾隆七赴游江南。

嘉庆治贪惩和珅，
道光临朝三十整。
慈禧同治垂帘后，
光绪软禁逼珍人。

醇亲王爷摄朝纲，
宣统哭闹尿祭坛。
享国二百有七六，
被逐紫禁气数寒。

## 绝艺

### 一

封箱秋载春誉满，
桃李传书报捷晚。
身家九牛虎增力，
轴压群角又眈眈。

### 二

手眼流梭矫健快，
身法抡步尽揣怀。
偷龙不须尚方剑，
转凤自有神笔来。

### 三

京昆乱词撑戏台，
生旦输却婉容衰。
文武银枪霹雳腿，
醉妃回宫不粉黛。

## 立冬即事

### 一

一夜细雨未生寒，
庭院银杏半金黄。
早春此时遥多日，
不屑梅花几寸黯。

### 二

高头岁松苍有力，
节竹望高拔与积。
冬菊缠人献妩媚，
吾家诗人恋三兮。

# 生死论

（生）

生者求存图谋身，
日足三餐暖衣粉。
追名夺利虚张势，
一夜只点耗油根。

（死）

百万银两压箱内，
金丝银缎垫绒被。
使唤丫头贴身保，
伸手张口懒作会。

（论）

脱胎苦短最百年，
灰飞盖棺论编篇。
蔑笑自诩桃源客，
留予后生效大贤。

# 立冬暖二

一

十月岁末暖，
明日立冬短。
绒衣储箱柜，
何日出西关。

少年衬薄衫，
嫌那袖厚缠。
风火登轮快，
汗漓浇湿滥。

二

春时尚未早，
北燕闹嘈嘈。
南方连灌雨，
龙王择日挑。
不顾四季交，
两头互不扰。
只因无圆月，
寄愁挂柳梢。

# 腊八三则

祈祀先灵佛成道，
泡腊八蒜粥米熬。
百家继送岳王前，
施恩舍德报陀桥。

庙中三香虔心人，
普济善行叩济恩。
大千梵香修正果，
苍梧遍地报丰辰。

国以民本食为天，
饮上五谷主妇贤。
合聚万物今日好，
风和渐春即辞年。

## 独舟吟

——弟子图而感作

江浦平直宛如镜，
飞处不闻白鹭衔。
独坐泛舟绿草葱，
笠翁垂钓倒影踪。

如梦初入阔别久，
浮动尘埃恋桃源。
尘喧躁世自静娴，
水调歌头作此篇。

## 立冬落雨

江东莅雨破东风，
吴将山谷辅萧条。
城南惊动三江岸，
直抒彩桥挂云帆。

昨夜俯听几打更，
天干物燥少点烛。
早上床榻取梦早，
一觉天明落悄悄。

## 二〇一八年十二月二十七日哀

——渭川叔驾鹤西去

九点忽传是噩耗，
未及亲手焚香高。
月初榻前伴左右，
不曾诀别在今朝。

如今我辈已不惑，
孝满膝下子孙多。
为何高寿求不来，
花去财银成圾箩。

数年每月去探班，
旁坐半日聚一餐。
音容昨日方犹在，
泣书哀思笔泪干。

## 草情

可以轻视它的存在，
但不能说它是无情无义。
把它踢进檐头角落，
没有人会把它记起，
直到它腐烂或者干枯。
不过休想泯灭它的意志，
野火烧不尽它的根，
春风对它只有崇敬与折服。
它有着最坚强的生命，
它的生命远超过一切生灵。
在巍峨的山顶迎击酷寒，
在绝处求得生还，
躺在碧绿的草原上与天
　一色，
从不觉得自己有模有样。
历来红花离不开它的映衬，
小溪清澈是因为从它身边
　流淌。
人们对它没有过多的褒奖，
朴实无华应当源自它身上。
没有什么艳美的娇容可以
　比它耐看，
没有什么挺拔的身姿可以
　比它茁壮。
苍天大柏多少回向它致敬，
雍容牡丹无数次为它伤情。
轻轻地它在沃土，
静静地它在守护，
深深地它在感悟，
默默地它在付出。

## 二〇一八年十二月观临海

经历夏商周，
春秋属越守。
秦统闽中郡，
后设台州侯。

解放复临海，
同年辖制改。
建县为专区，
后迁椒江来。

人文多荟萃，
古城江南最。
括苍山誉高，
东湖凿宋徽。

桃渚风景盛，
紫阳街花灯。
郑广文祠阁，
龙兴遇高僧。

## 赴国难

复兴坎道宛，
成仁革命死。
头颅捐发帽，
躯体撕战袍。
为求黎民生，
恨霸滥辜杀。
逼上绝人路，
揭竿草莽武。
匹夫振国兴，
有责我中华。
强弩军刀血，
长矛卫城阙。
游而痛击打，
破敌中央军。
红匪诬内患，
崛起拯兴亡。

## 诗侠

词藻终有疲尽时，
阔笔拥怀三百诗。
世间虽有李杜白，
古郎新君低默之。

饱览群书腹中大，
握笔无声汇嵌花。
西关晓月东风破，
甘作无名犀利侠。

## 追思

——缅怀毛主席诞辰 125 周年作

救星改天换日月，
亿万农奴洗耻血。
三座大山夷为地，
共和新生东方崛。

韶山冲里四伢子，
立志报国赴生死。
南湖启航上井冈，
暴动秋收炼红赤。

八月桂花遍陕北，
延安窑洞宝塔巍。
千军万马出征去，
北上黄河抵日锐。

首战辽沈杜聿明，
再攻津冀解北平。
淮海一战定中原，
百万雄师破都京。

再缅导师一世勋，
热泪追思寄阴云。
山河万里同咆哮，
共筑辉梦奋千钧。

## 训徒纲

恨铁不成百炼钢，
励磨脆骨悍劲磅。
扁舟小叶不禁风，
几时扬帆立潮掌。

训言逆耳愿针毡，
苦胆黄芩愈疲顽。
严师仁父望龙凤，
天罡有目道非凡。

## 见到胡杨林

看起来有多么的忸怩不安，
将自己的肢体折断。
规矩的柔美不亚于高调的
　曲张，
有人骂它过于放肆，
可它的个性并非轻荡。
还有人笑它比疯子还狂，
可它总是寂静地扎根荒凉，
不屈不饶地活着。
总是见到它，
顶起高耸的脊梁，
挥动粗犷的臂膀，
猛然一转身，
刚毅中透着硬汉的果敢。
当起风时，

它迅速收起腿脚，
无意中露出了修长。
稍稍不留神，
裸开了饱满的胸膛，
像少女般羞涩地无处躲藏。
来不及跟着四季轮换，
只留下美丽的絮段。
它曾绿意盎然，
倒映着水面的波光，
臭美地左右打量。
不过依旧最爱它，
披上金黄的盛装，
那御驾亲征的气场，
足以让万物为之胆颤。

## 读书解

读书，
如一叶扁舟漂泊，
孤军奋进是为了撑杆而上，
顺势而为意味着沉没。
读书，
如一股清泉涌出，
艰难跋涉是为了寻找活源，
放弃坚持意味着干涸。
读书，
如一条千年古道，
身临其境是为了思古论今，
捕捉皮毛意味着背祖。
读书，
如一潭淤泥沼泽，
纵身而跃是为了超凡脱俗，
不辨黑白意味着沦陷。
读书，
如一夜把酒吟欢，
酩酊大醉是为了情不自禁，
逢场作戏意味着冷血。
读书，
如一条枷锁链条，
垂死挣扎是为了求取生存，
忍气吞声意味着消亡。

## 谆新人

传来婚讯红帖上，
喜逢良缘筑洞房。
金玉满庭多不易，
偕首之侣启航帆。

夫之挑任两肩扛，

妻贤德惠耀祖光。
相处礼让须担待，
忍却片刻即长欢。

父母生你血肉身，
常念恩德养育人。
行孝床前莫思倦，
患难与共谱业成。

不求家财聚满盆，
只愿清茶和睦生。
一世苦短何为福，
万事谐和兴家门。

## 醉杨贵妃

百花亭中独怀窗，
兴不聊寡癫笑狂。
婢女相随人无意，
力士心知取酒欢。

衔杯卧鱼媚姿端，
醉步摆驾奴作伴。
莺歌飞去明皇处，
只作舞女自绣妆。

东院抚琴颂盛唐，
几家欢乐哀怨娼。
千愁万绪借花去，
深宫竞枝风月宛。

此生只为伊人乱，
天生丽质难自沾。
谁留青春白头老，
马嵬坡上辞玉环。

## 邀来黄橘

一道云霄，
涌来香橘早。
泉自人间有道，
美味众手浇，
蜿蜒直上壁峭。
勤农耘好，
极品种山高，
早已摘掉。
剩所无几，
皮厚肉瓣薄。
轻入馋口，
醉了神仙笑。
几世修行，

方得遇今朝。
穷饮贪杯酒少，
不解松腰，
唯有此处食饱。

## 采春于村

### 一

今立逢春遇除夕，
神将接福奉年礼。
几度贺岁十二轮，
鸾凤岐鸣普天际。

### 二

童颜孝鹤天伦好，
慈眉稚语乡间绕。
风吹稻香连绵浪，
乌囱炊烟半山高。

### 三

灶头酒肉堆盘肥，
天行游水烹喜味。
家有余银饱囊阔，
足裕盛康食一辈。

### 四

后生斯文怯意增，
乳妹十八妙龄逢。
腮红衬景柳眉妍，
古院槐隆倍燕生。

### 五

溪清不染腥荤色，
露雨衔珠待新泽。
随田而望不见远，
红豆杉前拾花萼。

### 六

三香叩敬燃红烛，
于世流芳聚亲疏。
一声爆雷彻天响，
张灯悬彩彤万户。

## 隋樟

——江南长城略景

古樟自隋唐，
雷击劈裂半。
不死已成仙，
叶茂枝根繁。

道士未下山，
舞须剑云展。
鹤发童两鬓，
侠客卧梅残。

## 静好的岁月

岁月宁静，
封存起多少往昔峥嵘，
蜷缩在那一抔净土里。
少了争夺也少了险恶，
这样的世界才会和谐。
我们应当允许，
在两种不同的性别里夹杂着形形色色，
没有无比丑陋就没有无比美丽，
没有异常卑劣就没有异常善良。
岁月安好，
付出与获得永远难以画上对等号，
人生厚厚的账簿上，
计算不出你欠了我还是我欠了你。
无论你是穿着鞋的达官显贵，
还是光着脚的耕锄农夫，
都一样地在这片土地上存活。
只有痛到极点才能学会刚毅，
只有累得趴下才会学着从容。

## 题书斋

石墨蘸无尘，
砚台笔云生。
莺燕梳凤羽，
笔架兀蟒峰。
香榭文砖砌，
书童果子榛。
宣锦分生熟，
寒暑励集成。
篆隶细扫尾，
蜂巢蜜涌髓。
去脉指尖力，
刻印流汉碑。

家无胜穷壁，
土垛盖草篱。
酒若吞悬河，
百诗册三集。

## 题书自问

颠人荤腥早发翁，
逐世追名夺天工。
曾经黄梦撞晨钟，
妄自颜容自欺聋。
菜市鱼虾血卖红，
眩目倒翻惊儿童。
勤家良妇厨艺弄，
萧然自备烈董公。
摆下天字跃门龙，
茂林始鸟一扫空。
草君才高续诗终，
待下百首笔匆匆。

## 鹦鹉颂

檐下鹦哥人情懂，
嘴尖圆眼鬓毛红。
见人忙展翎雀翅，
主人喂食才开笼。
巧语问君连篇重，
不低高鸟翱苍空。
笑过朱门青楼妓，
嬉骂贪官沉迷中。
喜鹊登门虚情弄，
乌鸦哀声毛骨悚。
九天丹凤骄绝色，
百鸟独爱此灵通。

## 你方唱罢我方登场

你的水袖有多长，
丈量着舞台的宽泛。
左一甩，
一个贵妃的亮相，
右一收，
一个俏皮的花旦。
清风扫起了梨根的浮尘，
神采滑过了妆容的饰琢，
粉墨之后如此耀眼。
开锣鸣鼓咚咚锵，
悦耳的还是琴瑟和。
唱尽弦下调，
拨乱了四尺腔，

余韵袅袅却未了，
少不了碎步的麻烦。
出了科的手艺，
还是不慌不忙，
细的如粉碾，
快的如金梭。
身怀绝技岂止是卖嘴皮，
台上摆的活儿，
底下遭了罪，
挨了多少个三九寒。
一脚横劈叉，
登高盘旋腿，
转马飞侧身，
筋斗连轴翻。
长靠的关老爷，
短打的武二郎，
看似一板一眼，
血汗浸透了一大摞盔甲裳，
看好的名角把大戏唱，
红了把名扬，
跑龙套的天天上，
任是守得住自己的赤胆。
人都有主心的脊梁，
你做你的名伶，
我愿我的糟糠。
都是藤上熟了的葡萄，
青了把红的盼，
红了紫得发干。
执着没有你长我短，
老话说戏能比天还大，
我说会做人的人，
才能把人生都一一做完。
记得那句唱词里念的是
　什么，
你方唱罢我方登场。

## 冤死的那条狗

踢开一条会咬人的狗，
反被它衔了一口。
没有因为这个去记恨不休，
因为狗仗着主人的势头。
无论它是狂恶还是疯够，
我们宁可坚信它的忠厚。
标签上写着人类的朋友，
这不是一纸飘柔，
历经了时间的考究。

瞧见了没，
牵着它的是一双发黑的手。
一条粗粗的链条扣，

它被紧紧地勒着喉。
失去了宝贵的自由，
任凭拖着胡走。
稍有懒意的停留，
即刻遭来棍棒打斗。
身上泛糊的碎肉，
痛得已经喊不出呼救，
还散发出一股腐臭。

无比可怜的会咬人的狗，
被欺凌了这么久。
恨自己报不了仇，
就这么不止地承受。
是该把这炎凉的世界看透，
直到自己成了一堆狗骷髅。

## 出才女

天下谁人不爱才，
自诩读破万卷书。
太白醉酒我陪坐，
子美瑶琴已愿借。
东坡同榻共履足，
携来清照酿花酒。
卧坐香山白居易，
昌黎韩君望书斋。
介甫半壁临川治，
曾巩十二即诗文。
宾王数鹅向天歌，
贾僧倚仗思晴雪。
万里小荷露尖角，
照邻门前无车马。
笑谈今日称才女，
捧缸恶吐黄疸苦。
世道文风堪琳琅，
卖弄千古乱世俗。
腹囊之中屎尿多，
手无栓铁击顽石。

足下缠布换草靴，
山重水尽不知路。
悬挂崖顶碎身骨，
夜郎胸中空有墨。
笔下荒落残叶多，
黄金硬作犬粪土。
一双鱼目糊乱眼，
不识真君在人间。

## 剩下的七夕

未出嫁的女孩，
未娶妻的男子，
都被盖上了一个“剩”章。
有的长相磕碜点，
有的压根不吃荤，
有的只顾选青萝，
有的忙作采花贼。
所剩无几的背后包罗万象，
三条腿的蛤蟆人间少，
两条腿的男女独一份。
南来北往相亲配对，
对上眼的牵手而回，
不对号的丢下玫瑰。
牛郎织女在天上，
一年就这么一次幽会，
辛苦了成群的喜鹊，
用胳膊肘搭起了爱桥。
月老掌管姻缘大事，
但管不住王母定下的天规。
银河已不再泛滥，
静静地守候一宿。

可恨的天公又已掀帘，
老牛无奈地领着牛郎，
织女被拖着回到纺车旁。
抽刀断水般的撕裂，
泪水滚滚漫过了银河。
一段千古的悲惨，
只剩下七夕相伴。

## 别样的夏

这里高楼林立，
霓虹亮出不夜天，
被铜墙铁壁包围着，
夜幕垂挂得早。
吹来习习的风，
不曾想是煮过的热浪，
心急之下脱了衣裳，
脊背上淌着汗雨。
路人刚买了块雪糕，
往嘴里送时却化成了水。
老人们摇着蒲扇，
怀中的孩子还是热得发狂。
远处偌大个溪滩，
平日里只有鱼儿守望，
今夜人群如同饺子放汤。
多么聪明的选择，
终于找到了纳凉的地方。

突然羡慕起乡村，
看着炽红的骄阳，
从这头着急地升起，
又从那头迟缓地落下。
林荫中吹着凉爽的风，
坐在石板凳上打了寒颤。
孩子们在河里嬉闹，
鱼虾成了亲密的伙伴。
听见田里呱呱叫，
青蛙上起了夜班，
蛐蛐和知了在赛歌，
萤火虫为它们伴舞。
柳树下成群扎堆，
男女老少唠着家常，
天上的星星做起了听众，
可爱地眨着眼睛。
半夜盖着棉被入睡，
舒服得好像在春季。

## 夏至雨作吟

一

六月历来三桶雨，
田家早备干草苣。
邑里相贺交头耳，
熏风暑作梅生趣。

二

野犬无处走，
少割香艾头。
雨滴值千金，
日长夜魂游。

三

不过夏至天未暑，三伏有雷击，嬉来水满，白鹭河上竞逐。芒刚过，麦种硕，杨梅东魁背山红，栽薯重，果杏出蚜虫。江南风短，趁机食个枝荔。中耕锄一坯，西起十八落，灌了长江千里，溢过疆河入川堤。

## 南都遗梦

一

楼外歌仙声裂耳，
老妓抚琴作侍人。
游手闲骚纨绔子，
酒熏几日不回还。

缠银乱飞石打美，
横行知耻买贫贵。
皇城阙楼民优舞，
家中孤盼孝床前。
闹市繁景琳琅物，
满街乞食讨生谋。
江南虽有亭院香，
西湖三月动春心。
背井汴梁失故土，
难舍黄土自家亲。
应天荒墟痛极否，
临安暂作鸟雀窝。
再别唐婉远赴去，
沈园可识陆放翁。
真龙天下厦楼岌，
外虏未息战报催。
奸贼当道乱朝城，
害死忠良满门血。
频下金牌勒令归，
沦陷山河草木悲。
岳王屈死冤报国，
不死疆场困狱窘。
苏堤白塔绕断桥，
山色偏来雨亦奇。
南都一百五十二，
碎断魂廊烟雨中。

## 二

绍兴合议书，
纳贡金朝主。
伐北无功返，
峙对两淮陆。

抗击征罢鼓，
朱仙败寇诛。
主和屈求全，
宗泽愤亡故。

末年权臣突，
陷死忠良锄。
蒙悍欲南倾，
自此无光复。

文藏不逊武，
夷志坚宾录。
溪渔隐丛话，
杜诗茗千注。

中兴四家术，
通鉴节要纂。
滏水之文集，
又解嘲来误。

## 园中青绿

椒绿青消辣，
头雏入味鲜。
赤髯称红柿，
蛋汤可炒煮。
角豆今年丰，
挂坠悯农勤。
葫果形迥异，
常作海珍餐。
南瓜金叶开，
江泸困生北。
收得耕耘物，
获益人间补。
一日不食肉，
身轻五磅斤。
三高夭夭去，
再活五百年。

## 山棘水湍

赤背弯梁蜷垣弓，
一鞘举射靶未中。
百步穿行乱马步，
已无神力作当穹。

负山压顶落凋松，
涉水行恶辣手痛。
关起禅门面壁过，
数望繁星二更空。

平世不凡百无用，
过河驹子险从容。
盖叫胡砍刀却钝，
虎齿利锋血牙红。

## 小暑·家中赋

觉中自醒半眠糊，
起早廿年如一初。
观得彤升蓓冉时，
品下蕾头崭清芦。

拔出衔来吞云逐，
园中又多闲姗步。
绿意食饱填九力，
暇怡二日烦忧无。

高徒问来今小暑，
方知入夏半朝慕。

岁长神飞已早惑，
多日梅霏遇鹧鸪。

画点妆前胭红儒，
纸片墨迹诗惠淑。
夺来鬼才手中笔，
天下盛景皆我物。

## 小暑词辞

昨日雨，前日狂舞，妄为是非天下贼。虚晃出阳光，小使诈，未晴定，接来又连绵，不绝于斯耳。大醉一夜，梦里似闻李杜白，声声叫口，为何清照未梳发，菱花羞。备好酒醇囊，饭袋腹中空，满纶诗书饱，羽扇挂纶巾。小暑娆，并来作汤羹。

# 梦春闺

窗绿闭客过相府，
庭花借日侍胭宠。
子规惊啼皆故里，
几条炊火又朦胧。
低吟浅唱身无恙，
双泣奴女糊眸瞳。
曾闻寒友多薄幸，
今春未化雪屹松。
百里挑香桂子拒，
西厢秀鬟郎归痛。
抚琴书礼泼墨迹，
梦里桃言叹秋冬。

# 梁山将进令

## 一

柔中削刚固有鼎，
锲舍得失自封擎。
抖擞日下真好汉，
景阳岗上白虎岭。
被逼梁山落草井，
替天道义匡扶明。
未受皇恩诏安去，
宋主不识忠良卿。

## 二

野竹浇莽林，
旋风斗士拼。

痞子惧拔柳，
太尉府千金。
误入白虎心，
祝家老迟鬓。
金沙渡衙内，
智取生辰进。

三

呼保及时雨宋江，托塔晁天王，玉麒麟俊义，用智多星，胜入云公孙龙，大刀豹子霹雳，双鞭小柴，扑天美髯公，鲁达武松行，九纹没遮拦，插翅虎混江龙，太岁立地短命醒，白条活阎王，拼命病关索石秀，双蝎神机，病尉丑郡马，井木百胜铁面孔，锦毛轰天雷，笑面虎温侯，矮脚三娘一丈青，魔王毛头星，八臂哪吒出洞蛟，翻江曹正擒，摸着天病大虫，施恩周通霸，鬼脸独角催命精，铁笛青眼一枝花，顾嫂菜园岭，白日鼠跳鼓上蚤，独火星金枪将，浪子赛仁贵，催命官扑天雕，圣手镇三山，云里金刚绿林，旱地忽律，大圣飞天。

## 应试其人

一

卷中密纸题藏海，
政国举事词段载。
苦煞老匹难默记，
书壁空文一面白。

小案偷传掌中埋，
天眼捉贱吓无赖。
博文强手自林立，
混龙难过清江埃。

二

读过枯藻文，
略阅锦绫珍。
春来鸟不还，
何不问书神。

入遇不考分，
皇诰中榜人。
追来笨鸟飞，
高处鲤跃门。

三

头倚重，劲脖弓，腰断三

节棍。人已发指衰容，残消裂唇。捧书中，长卷筒，夜寐睡蟾宫，灯盏动，风窗忽摆，闹醒知萤虫。剑须眉，倦已松，续来牛力借无穹。秉烛刺骨，自古仪懂，凿光捕影取功名。积跬步，累五车，圈小流，纳自成汹涌。

## 狂雨读书人

厚厚的云层一时疏忽，
装雨的袋子被戳了个窟窿，
穿引的针线弄丢了，
找不到漏风的补丁。
玉皇大帝召集群臣商议，
结果还是束手无策，
只能看着那条汹涌的银河，
泄洪一般流到人间。
土地公急得茶饭不思，
土地婆愁得一病不起。
里里外外遭了灾，
大水冲进了自己的庙，
没了供奉吃什么，
没了香火怎显灵。
田中的稻粱被淹没，
山中的劲松连根拔起。
潺潺的小溪流，
早已浩瀚成汪洋，
屋檐下断了线的珠子，
滚在了门前的那条小径。
一个撑着油伞的人，
安静地坐在可以躲雨的角落，
捧着泛黄的诗书，
专注的仪态，
俨然抛开了这场世俗之雨。
时而摇头吟诵，
或是沉思默念，
朗声跟着雨打的节奏，
在雨滴中溅溢。
古人也难得有这般神采，
圣贤见了也不敢多说闲话。
在他端茶的那一刻，
杯脚下刻着夺目二字，
只见名为“西园”。

## 端午·再酬赋约

顺阳当中高，
仲夏知日晓。
抱食投汨罗，
粽堆江渚蹈。

图腾祭祀廖，
岁时广记郊。
端者初见使，
五谓寻艾宝。

舟龙赛竞豪，
菖蒲多香蒿。
九歌云中泛，
荆楚浴兰缥。

驱毒倒边草，
雨跳钟馗闹。
豆娘粉饰乱，
画额北虎彪。

长命缕拴绕，
彤辉千峰照。
忠魂今不去，
侧雷鼓震妖。

## 热了，这一夏

包裹的云朵，
被剥下一层又一层，
只剩下小肚兜，
红得滚烫到了手。
凑巧梅雨节刚过，
唤着骄阳出来烧火，
油锅堆上了干柴，
煎出了榨碎的泡沫。
东边装上了鼓风机，
吹出了裂开的土坡。
这才几月几，
三伏天才开了个头，
柳叶尖却枯了半截，
芍药花也矮了一寸九，
湖上成了一面发光的镜子，
可听不见潋滟的波声。
一顶遮阳帽不够大，
挡不住诱人的风情，
倒是蒙上了大好风景。
看来春天彻底告别了，
热浪开始与我们为伍。
沸腾吧！
煮透这一夏，
多亏雪碧送你一口气，

可乐给你上了色。
火红的年代里，
青春渴望这般炽热，
把火炬迅速点燃。
激情犹如那根导火线，
直窜着火苗花，
砰地一声，
炸出了五彩缤纷。

## 立夏

一

战国讫始至沿龄，
预夏升温蝼蝈鸣。
五日蚯蚓编队出，
攀藤扶叶现瓜青。

二

何为草甸新，
日高随季近。
脱下棉袍里，
飘裙效施颦。

三

生来无求，得益无，送去江春怀入夏。多了酣意，午觉黄金时，宁醉三日不戒，犹直壶天一柱。蚕麦滚球，甘霖未落，立夏明朝即是。算来节气，至四月初二。小假吟窝，引台书隐，心事了却兮。莓颗鲜果，桑葚多汁，渲甜慰老少。

## 那朵金玉兰

金盆上玉兰吐香，
枝边一颗蕊瓤，
不需要时常地浇灌，
下雨时吸收点清氧。
总把它放在身旁，
秀色扎进了心坎。
香溢跟着我饱受了沧桑，
陪伴我笑着离场，
看透我一年年走出凄茫。
你像生命中的贵人一般，
盛开赢得喝彩满堂，
枯落剩下筋骨未断。
死神不敢邀我游荡，
我在鲜花里从未言欢，
离别的路上，

不曾风云变幻。
关上了门打开了窗，
锣鼓还在回响，
抡起长刀短枪，
覆灭不了桃李群芳。
虽然念念不忘，
灵魂与血液坚固毅然。
看着金盆上的那朵玉兰，
绿叶对根有了欲望，
红花却被厚土掩葬。
做个施肥的花匠，
锄犁那一颗颗种粮，
乘着秋风等待着金黄。

## 一轮月

一行整齐的白桦树，
交错排列在一起，
在夜空下变得格外有姿。
稀疏的光线穿过树缝，
在晚风的浮动中变得灵活。
今夜还是在昏暗中度过，
悄悄的四周没有虫叫。
走在只有自己的小路上，
似乎不必顾忌绊脚石，
整条路都闪着月光，
放慢脚步是必然的。
抬起头遥望着，
过了十五的月亮已盘不出圆，
弯弯的小船偶尔会驶过。
那云层好像被扯破了似的，
堆了一块又一块，
紧紧塞在月亮周围，
胀得月光更加明亮。
这会儿又悠闲开了，
一丝不挂地坐在上面，
围拢过来了所有的目光。
自信在于高处，
更在于美丽的尺度，
所有人因此而仰慕。
多想每一个这样的夜，
都可以看到这一轮月，
看不到时必定是来了风雨。
是否可以无条件地留下，
实在不行的话，
就掰一块放进我的心里。

## 立秋

问寻朝霞天逾高，
山花浪树荡轻摇。
听声还望三两目，
报鹊心头喜藏娇。

天色连连碧空净，
洗落尘埃焕越新。
酷暑难消炎头闹，
几聚雷声化雨汀。

才知已逢二六时，
立日放晴过秋止。
云堆何处吐凉意，
一季光阴介于此。

思来覆去犹多忆，
春蚕做茧自缚里。
夏蝉嘶叫赶蚊蝇，
又催麦浪早碾细。

## 貔貅·见世风之下

话说貔貅护刚体，
山人纳福祈普济。
穷困未使人潦倒，
漫无安若晴何夕。

从来助忧乐心力，
身无鬼胎不霸欺。
谋计献为授解惑，
不图半根赠草旗。

往来如水君子仪，
斥排混水辨浆泥。
鲤跃龙门宁作龟，
天下到处滥乌鳢。

旁骛之心无所寄，
请来四海步云习。
狼子蛮野横俘处，
昭雪指日恶盈毙。

盛前垂危怆风靡，
归山养虎坐井低。
惯看成群仇江岸，
冷臀总把热面劈。

# 走过 70 年

——中华人民共和国 70 华诞作

就这样荆棘地走过，
一代代先烈，
一辈辈志士，
舍弃宝贵的生命，
筑堆起巍巍长城，
挥洒沸腾的热血，
浸染出滚滚长江。
一幅幅百年屈辱的画面，
牢牢地记录在黑胶带中。
鸦片熏得人鬼不分，
活人与死尸同类。
军阀割据战火连连，
卖儿卖女没了天理。
租界划出了三六九等，
赫然挂牌“华人与狗不得入内”。
日寇无恶不作，
南京城内杳无人迹。
四大家族操控金融，
一麻袋金圆券换不来一颗米。
1949 年 10 月 1 日，
毛主席登上了天安门。
鲜艳的红旗，
金黄的五星，
荡气回肠的义勇军进行曲。
人民英雄纪念碑上，
刻下了不屈不饶的悲壮。
一段屈辱宣告终结，
一个时代开辟天地。
旧中国我们是被欺的畜生，
新中国我们是当家的主人。

就这样豪迈地走过，
我说不朽——名副其实，
我说辉煌——毫不为过，
我说壮丽——确实如此，
我说伟大——异口同声。
整整 70 个春秋，
你不苍老反而生机勃勃，
你不疲乏反而蒸蒸日上。
富强打开了国门，
世界因你而精彩。
民主获得了新生，
尊严写在了脸上。
文明形成了风尚，
大家好才是真的好。

和谐盛开了繁花，
阳光驱散了阴霾。

## 三月樱飞

一

樱飞几月犯淑窕，
花容已妆嫩胭娇。
人间天上不闻觉，
早有纸鸢牵云娆。

二

五彩斓花色，
风静犹婉折。
诚邀春日里，
何须荡欢歌。

(三)

通济桥畔，樱花涌岸，不曾醉过心伤，寻来一曲笑三江。粉颜蕊放，红瓣开瓤，只应梦里寻荡。拾来似甄嬛，如宫珠凤鸾，可忆长。此时游别乡，筝舞赶，一线遥天上，天伦叙乐同框。

## 七月兰城访

——恩师慰问爱徒草青作

一

百果叠翠添诞喜，
各成双对偏少梨。
琴心挑丝为周全，
此去兰城更胜意。
江渚浪静岸下低，
老桥垣壁显悠历。
窑炉冲天烟蔓瀑，
吾徒可知师寻觅。

二

生就千金躯，
远嫁龙虎婿。
诵来千古文，
吟学有卓誉。
投拜三生许，
严规律自矩。
学无苦心术，
岂可为高足。

三

廿年未踏江城府，

笠翁可修书，
别去少年游，
长河底下卧扁舟。
城老新旧，
繁似一桥两头，
南北通透，
此处草青留。
为师特来问候，
匆来忙走，
不见人踪尾首。
且不愁，
师徒情深足够。
云借雨吼，
思念寄赋后，
挂禅晨鱼已祈佑。

## 不要问

不要问我此时在何方，
我在灯火阑珊处。
不要问我为何感伤落泪，
我被你们彻底感动。
不要问我相聚是多久，
我无法留住邂逅。
不要问我有没有将来，
我不知来时的方向，
不要问我是否思念如海，
我已满怀深情。

## 三月，你来了

你来了，
我已经等了很久。
不是我生来执着，
并非没你不行，
只是心里还有一点爱，
不曾和你提起。
木讷不是缺少情怀，
说得出的都说轻描淡写，
压在心底的才是火山融岩。
我做好了一切准备，
即便你再也不来，
我也决定守在那孤零零的
原地。
这算不得什么誓言，
更谈不上任何约定，
只是较真地和自己赌一把
输赢，
掂量自己能否实现永恒。

当第一缕春光出现时，
这里的枯草几乎都绿了，
那根即死的枝条微绽起来，
用劫后余生的代价，
蹦出了一颗袖珍的花蕾。
我知道这是你的功劳，
你不爱表现自己，
更不去多说一句暖心的话。
我始终不去假想猜测，
更省略了责怪你的理由。
在严冬里你蜷缩得太久，
请别再继续害怕，
大胆地释放吧。
每次看着你都十分弱小，
你该有多么地温柔，
这柔中还带着几分刚，
真的恰到好处。
我拿不出珍贵的礼物送
　给你，
只有一首为你写的诗歌，
把所有的情感一一汇入，
包括相拥时的欢笑，
送行中的泪末。
就让身心完整地跟着你
　走吧，
亲爱的，三月！

# 三重天·晴雨间

## 一

一日当空三重天，
晨稀云淡卷帘边。
午间密布飘来雨，
转眼又是朗容掀。

## 二

天公有醉意，
喝了揭缸底。
风里催日出，
雨中收霞靡。

## 三

若是不知事，天若有缘此色来，任性来去无影，说变就变，丈二和尚摸不着。杨花开，梨花现，一缕春光媚，正浴一时半刻，层云叠来，雨纷纷。秋叶返程，恰冬初奔赶，忙起身，挂瀑前川，不解三思，仍未动，阳光又绽出，万里寂蓝，云不见愁拴。

# 人生如歌

## 一

愿做一世缩头贱，
余生不死寿逾千。
身背硬甲负棘任，
寸步跬足辱龟仙。

## 二

独往无声处，
只有一地疏。
此行少风厉，
平生不争渡。

## 三

曹公之语乃圣言，神龟有竟时，寿终为土灰，有志青云扶老骥，千里呜呼，暮迟是归宿，永年可得。不但在天，昭月得人心，日久生情，异类之豺狼虎豹，禽兽而已，不可同论，岂可辱其龟。

# 中元驱鬼

兰盆摘束慧善根，
养育血肉报劳恩。
存于普天福转运，
可有极乐早应询。
三生九世皆大为，
解难险途化尘灰。
揖手胸襟洗瑕疵，
愿结脱胎出头至。
素米清汤必面僧，
功德积行保万能。
长诵金刚般若经，
远离恶念斋远行。
发心离烂菩提树，
相求济世救艰苦。
怀中十月孕新种，
临产疾苦始于痛。
咽入吐甘待悟深，
缘深弘法悟众人。
木鱼打动鬼窜逃，
钟馗舞剑点艾蒿。

## 中秋吟·暮夜归景

一

花前摆奉几卷诗，
信手衔来丹桂枝。
暮夜风清抒圆月，
吴刚作伴嫦娥痴。

每逢佳节仲秋赋，
勒马驰缰奔乡途。
老父望穿门前候，
厨堂未歇见慈母。

二

戊戌八月十五，晚来热盈头，秋虎生猛，炎炎逾夏，情何以安处。盼归已久，待来一轮明月悠，皎洁映天，夜星烁缓，独占今夜明。天涯共此同，念渐浓，思乡愁，残心怀旧。年年岁岁花似流，少时离别，雏雁南飞，壮年人父，团圆为贵，不止千里婵娟，未羡九天宫阙，直把壶酒敬青天。

## 再出征

——县府办系统执法局八人团汇演鼓励作

五四百年烽火煌，
今聚后人斗激昂。
七尺舞台容海纳，
萌种正道赴国殇。

一首诗作讴歌唱，
不因鲜花多赞赏。
叙来党恩满深情，
我自苦练为哪桩。

花红绿叶金银榜，
荣誉不过身外放。
青春励志终无价，
难得舞台你最芒。

## 为花儿们喝彩

——为县府办系统参加朗诵赛的行政执法局队专作

向来宁静的草坪，
因为下了点春雨，

催开了浪漫的鲜花，
数了数，凑齐了八朵。
走近它们，
不忍采摘，
不禁观望，
箭步地奔向那方。
我本不爱花，
这时我却醺醉在这个世
　界里，
似乎无法抽身，
简直流连忘返。
每一朵花儿都有独自的
　颜色，
都在勤奋地绽开着，
并且朝着阳光地方向，
一点点成长，
一阵阵变壮。
轻风漫不经心的飘过，
花儿们笑出了荡漾，
相互牵着手，
围出了一个同心圆。
这个季节有点疯，
让捉弄成了习惯，
狂雨未经批准匆匆来袭，
顿时失措心慌。
立刻为花儿们撑起了伞，
只见花儿们没有被惧，
端着甘洁的露水，
为我热情地捧来。
呜呼，是我在呜呼，
我不知此刻该用何种方式，
对你们表达，
对你们示爱，
我无法不和你们相依。
当不得不走出这里时，
全然不知脚下的路，
失去了方向，
混沌了脑壳，
嘴里喃喃自语。
花儿们无私地给我力量，
我为花儿们喝彩。

## 为师堪任

——第 35 个教师节作

### 一

授之子孙谙以道，
朗声飞簇书苑绕。
夫子解惑点三生，
萌起无知度寒窑。

二

心存卓识才跬步，
学成广博阅卷书。
小流汇积成荡海，
争鸣齐放百家儒。

三

三寸烛燃蜡成灰，
泪始涸干蚕丝缀。
无色桃花争春映，
李树硕满育成蕊。

四

垂史千秋爵门第，
拜孔为尊祭成仪。
天下将相至吾皇，
谁负受教学问里。

五

初门开即兰珍，严慈章法高，拼语音动，文胆精妙起源此，诗文通观五经，与藕仙教导。深邃古文有功，日诵念记，背书成效，松海阔林发叶，愉快课程，才知略今事，捧史书弘闻，涵内居实，虚不在阵势。励志皆勤学，奋字当先，为然饱腹满纶，非生来诗鬼。懒者纵有千军，败于涂地，活死老逸，本薄非浅，自励志凝气，可忘世俗辉煌，切记扶步师恩，今笔墨，叩跪夫子节。

## 乙亥年大暑

一

暑锅熬油淋头浇，
赤日烟火烈日燎。
吹来调风不解热，
恨不裹冰雪加雹。

二

这天无病三分虚，
生津益气力少余。
心静自然修身性，
难得杯中添枸菊。

三

柳老枯塘荒水溪，
月下候凉望星际。
一根蒲扇摇蚊蝇，

耳边知了越飞低。

四

食惯仙草药增补，
绿豆烂滚甜糖酥。
头伏饺子二伏面，
辣欲山珍海鲜肚。

## 人道·世道

一

落地浮尘七情身，
皮肉之躯六欲痕。
赤裸哭啼偏降世，
宁贬走禽不沦人。

祖上青烟香火冷，
坟头老土毛草疯。
白纸飞条青竹系，
九泉魂灵几代承。

二

天蓬本河帅，
难抑嫦娥爱。
玉皇怒帝颜，
贬下遁猪胎。

修行西天外，
八戒悟能开。
九九八一难，
真经取回来。

三

赤身红裸十月，男女之差，性有别，天地之下非人崛，岂是道，不可捉摸，妖魔鬼怪司空穴，其实枉人回。读熟蒲公笔记，聊得世间五斋，无处泣诉，问神灵有清白，不如做魂鬼，阴阳无声，流于世。

## 传书·鸿雁

一

友人当年托鸿雁，
几句乡思纸上浓。
青梅不酸吐甜意，
纵然十万九千里。

二

屉中还有笺，
几次迁家忙。
丢弃金银饰，
只留片叶书。

三

路迢迢其漫漫，各奔东西，生者图存，家业有道而成，心系友情，常转来书信。千言万语在其间，含泪阅，总忆少年涩，相隔只凭这一摺。佳节时，人未归，只知朝天阙，星辰下，已伏案，一行又一行，字字如篇章，抬望眼，天将发白。

## 再燃起

潮湿的火柴盒，
还能点上心底的篝火，
里面所剩几根“丹顶鹤”。
留下的所剩不多，
不顾忌舍与不舍，
神采顿时而落，
锁住了紧凑的眉额。
多少人改变了打火的方式，
用上鸟枪换了小车，
为了熏醉自己，
何必去这般坎折。
其实只为燃起的那一刻，
火苗点亮了旷野，
趁机看清了发霉的羞涩。
无药可救地活着，
不觉得有什么独特，
保持着吞吐的优雅，
孤寂中变卖了谦和。
抹去背后的丑恶，
唱完沙哑的劲歌，
寻欢岂不是为了作乐，
再燃起时，
画面不再成为定格。

## 农历八月一日叙诗

八月初一细雨润，
小池荷塘三两只。
谁请河鸭来嬉水，
少儿顽童逐鱼豚。

暑来两月登皇位，
府中称霸至万岁。
今番横世无人涉，
独临天下尚方配。

九月学季迫来时，
屈尊收起跋扈眉。
困鸟无笼不长翅，
鞭打底下出贤知。

略看长高一尺多，
日晒潜泳趁黝黑。
伸臂硬得双刃肌，
蹬腿可踢两箩坨。

借问人父有何做，
教诲只是滔滔语。
一副严师生面目，
吓得天子也怯懦。

铺开宣纸墨尤浓，
双开云手流星步。
一嗓惊得山雀哭，
满山桃林叶芬红。

偶闻客从南京来，
邀我午续餐一桌。
怕上熙攘陪笑坐，
不沾五粮和茅台。

今日清风偶见阳，
后背添盏小扇风。
日来颊处多诡异，
入园沈梦起早酣。

一周到末可思回，
老幼在傍添孙美。
三代承脉更然亲，
青发多白方显贵。

儿穿新靴好得意，
微群拍照不灵清。
快意羞遮笑露齿，
父诗饱囊增飘缇。

斜光耀熠入窗进，
雨影残迹未连群。
花香疑似草杉绿，
长望旷云自惜悯。

杯酒参茶驱潮热，
小口穿肠胃腹空。

已足半月呜咽止，
尝饮六神玉面泽。

## 农历十一月十五·回暖

一

随处疯暖日不斜，
褪下厚棉只留靴。
分明年关寒冬腊，
谁料春意晒长街。
腌腿十里飘不绝，
农婶巧剪纸花贴。
只识年味将临近，
请尊钟馗捉妖邪。

二

指尖不寒栗，
熊背宽羽衣。
夜来铺薄褥，
枯木透春息。
四季曾交替，
分明日转急。
寒暖一寸远，
确实不知彼。

三

花繁青草油，换了冬愁，春逢早，妙手点讴，莫非乱坠头。园中芳心已久，扑乱蜂蝶草篓，多少年后，忆青涩豆蔻，岁月重重，一腔云志且够，却抛不下一江东流。行将近，折道犹，前赴继否。

## 冬隙小雨·所感

一

哪路神仙撒酒欢，
几滴晨雨早点餐。
半晌梳妆掀云台，
今朝旭日也盗懒。
空城之计险为难，
唯有孔明自若淡。
三国群英多牛毛，
剩下诸葛瘁肝胆。

二

送雨奔赴远，
即收定骇浪。
未流蜻蜓影，
江岸闻鼙声。
洪兽逐浪汹，
舟掩卷棹轻。
海上凝蜃楼，
一江隔两畔。
雁翼看翔飞，
鱼虾试问肥。
骏骑交几合，
戈剑沙场腥。
谬履如错靴，
可询三仙姑。
秋后泛黍稷，
冬雨最熏人。
望湖静若止，
垂休衰早矣。
半生应知天，
日月方得名。
返景入山林，
祥农只作耕。
弓日射雕动，
虎豹已无争。
笔墨挥白羽，
前赴卷红旌。
手有少黄金，
不堪任琐用。
世人均安俗，
非恩既是报。
一场及时雨，
却是百感集。

## 出山记

一

月下笼音绕余梁，
几指兰花见铿锵。
抡足越顶蟠桃月，
三尺冬雪冻寒窗。

梅花几度自幽荒，
拜谢功名居茅糠。
虚有名伶鬼才子，
鬓霜只留桃李香。

二

折断系马缰，
鬃须披荆长。

瘀骨痛廿载，
无处不鳞伤。

偷艺即苦尝，
少年别无恙。
只争朝星烁，
跃起千钧棒。

三

仁兄之情倾城下，巾帼挂帅勇，洪福若阳，盛杰震宇翔，钰宝家珍颖闺镶，敏兔超然静，谁料小同窗，可有不周处，献玮玉，一代胜雄壮，萍水瑾澜，浓情纳百川，海潮上，似拨千层浪。

## 又是这一天

——74 年前的今天，日本无条件投降，并作

一块弹丸之地，
扎窝在海之彼，
被军国主义笼罩，
自称日不落西。
在宫里的叫天皇，
只是一堵门面墙，
出宫外的是首相，
拿着一把砍人的刀。
这里的人个头小都是鬼，
生性凶残另类，
烧杀抢掠来侵略，
南京城内血流成海。
不成文的“三光”政策，
遍地都是冤魂魄飞，
细菌注入人体内，
老鼠都比人珍贵。
什么大东亚共同圈，
狗改不了吃屎的嘴。
东三省已沦陷，
华北平津告急，
西南边塞垂危，
中华民族到了最危险的时刻。
黄河在咆哮，
激怒了四万万同胞，
张杨吃了豹子胆，
却促成了共赴国难。
无论你是美械装备，
还是土炮鸟枪，
无论你是正规军队，

还是山里土匪，
都只为了赶走这帮强盗胚。
1945年的东京湾格外平和，
那艘巨大的密苏里号里，
一段历史被另一段历史改写，
一轮红日破云而出，
照亮了东方的每一个角落。
又是这一天，
航母在海面上巡逻，
战机在蓝天上翱翅，
两弹一星再登高峰，
维和部队守卫世界，
自豪吧，
奔腾吧，
高呼吧，
伟大的祖国万岁。

## 又读《雷锋日记》

1963年3月5日这一天，
伟大领袖毛主席发出了，
“向雷锋同志学习”的号召，
从此雷锋精神成了一个民族的脊梁。
几十年峥嵘岁月，
那一个个红领巾少年，
变成了耄耋白发，
但雷锋这个名字从来没有停顿过。
那本带着沧桑的《雷锋日记》，
泪水无数次打湿了泛黄的页面。
轻轻地擦干它，
用红绸布包了一层又一层，
从爷爷那里又传给了我的孩子，
它成了传承的“红宝书”。

今天，夜已深了，
翻开了《雷锋日记》，
一场身心的革命再次发生。
雷锋的生命仅仅只有22年，
很多事情等着他去做，
很多梦想等着他去实现，
可青春在瞬间凋落。
我们都知道他死了，
但从未接受他死了，

因为他还活在每个人的
心里。
灵魂不会消失，
精神浩然长存。
雷锋日记中的每一个片段，
都在脑海中闪光，
不断激励着我们前进。
他郑重地写道：
人的生命是有限的，
为人民服务是无限的，
我要把有限的生命，
投入到无限的为人民服
务之中去；
做一颗永不生锈的螺
丝钉，
有一股子钻劲和挤劲；
做一个有利于人民和国
家的人，
做一个吃苦在前、享受
在后的傻子；
我愿做高山岩石之松，
不做湖岸河旁之柳……

一个人，
做一件好事并不难，
难的是一辈子只做好事、
不做坏事，
这是何等的崇高。
做一个普通的人，
燃烧自己，
做一些平凡的事，
点亮别人，
这就是我们的共产主义理
想。

当熟悉的旋律在耳边响起，
我静静地含泪聆听，
一遍又一遍跟唱：
“学习雷锋好榜样，
忠于革命忠于党，
爱憎分明不忘本，
立场坚定斗志强……”

## 向阳花儿开了

金色的土地挖开了渠，
露出最嫩的红泥，
前日的大雨很卖力，
浇透了坡上的种粒。
一颗颗粘带着露珠，
活像水灵灵的小白鼠，

过不了几天，
就要盖上温暖的松土。
一锤锤用力地压实，
躲在里面静静地孕育。
等铆足了力气，
头一猛顶，
腿一直伸，
来一个破土而出。

待到重见地面时，
长出了芽头，
撑开了叶柳，
枝杈间鼓起了蕾朵。
但是不安地伫立着，
隐约感觉到它的急迫，
还有些淡淡的忧郁。
看情形它在盼等着什么，
是忙碌的蜜蜂吗？
是花俏的蝴蝶吗？
它毫无反应且不接受对话。
有人提醒我，
请春风来帮它复苏吧，
我照搬转达了意见，
结果更加陷入了糟糕。
它不停地摇晃起来，
好像冻得颤抖，
原有的绿意褪了色，
松弛地弯下了腰。

这时东边那山头，
照来一道半遮面的阳光，
它迅速地朝向那一边，
面对着微微点头。
一眨眼的工夫，
它窜高了一大节，
芽头变成了瓣，
叶柳崩出了花，
蕾朵结出了果。
后知后觉中我才明白，
原来它叫向阳花，
面朝太阳，
春暖花开。

## 吾辈当自强

——山早于 2019 年 9 月 18 日作

宁静的柳条湖上，
南满铁路轰然炸毁，
阴谋早已暗藏，
无端地被嫁祸栽赃。

炮击北大营，
侵占首府沈阳，
白山黑水狼烟纷飞，
东三省彻底沦丧。
宣统意图复辟，
却沦为傀儡政权，
半壁大好河山，
遭受 14 年的蹂躏。
脚下寸土寸金，
甘愿共赴国殇，
匹夫宁死不降。
不做亡国的奴役，
誓与民族共存亡。

三声鸣笛又响，
激起多少国仇家恨，
哀号依稀侧耳旁，
隐隐作痛于心房，
忍受了 88 年的创伤，
岂可瞬间把国难遗忘。
翻过了陈旧的页章，
耻辱碾进了厚厚的城墙，
国已安邦，
民已兴旺。
三军将士威严整装，
长空战机翱翔，
海疆航母拍浪，
陆上弹箭横穿。
铭记潸然的血泪，
不禁警钟长鸣，
吾辈当自强。

## 妖风肆孽

所闻无故而袭，
劈头摔面，
这般放肆不羁，
此季罕见。
如一张恶贯丑脸，
挟天子狐威，
无佩尚方令箭，
鸡飞狗跳猪翻墙。
你欠了天下，
他负了人间，
竟敢猖獗作乱，
正义无存，
乾坤道义何在？
天高又如何，
非风即是雨，
地辽又如何，
非生即是亡，

恨不得讨伐诛了。
玉帝请度势，
天威该来震慑，
把世间真理奏明，
不可再此混账。
世上喊冤连连，
妖风无须留情，
挑拨了阴晴，
颠倒了日月。
明明白云朵朵，
阳光献媚，
千万里无端，
平安盛世传。
却生跳蚤伎俩，
食冰清玉肉，
吐鲜汁饱血，
不剩杂骨颗粒。
那边停歇，
只剩残留云尾，
周边蔚蓝，
霾魔必收伏，
绝于世，
还月色澄清，
依旧横空盖世。
洒遍流星，
相映更辉煌。

## 唱给伟大的祖国

唱着一条大河，
才知道波浪的宽广。
风吹着稻花，
香透了两岸，
我的家就在岸上住。
远处传来艄公的号子，
又见船上升起了白帆。
十八九的姑娘花儿一样，
小伙儿的胸膛壮如山。
朋友来了呈上好酒，
豺狼来了举起猎枪。
巍巍一道上甘岭，
无数最可爱的人们，
用血肉换来了和平的阳光。

我和我的祖国，
一刻都不能分割。
无论我在哪里，
心中流淌着你的赞歌，
我的祖国和我。
母亲跳动的脉搏，
温暖着我的心窝。
我愿作浪花一朵，
分担你的忧愁，

分享你的欢乐。
我是你漂泊的赤子，
你是我生命的依托，
永远给我碧浪清波。
蓝天上百灵鸟飞过，
俯瞰着我深爱的土地。
春天蓬勃的秧苗，
秋日金黄的硕果，
还有那家乡的甜蔗，
像乳汁一般滋润着我。
滚滚的南海，
皑皑的北国，
你有青松的气质，
你有红梅的品格。
森林无边无际，
群山高耸巍峨，
还有那淙淙的小河，
在我的梦中静静流过。
我要把美好的青春献给你，
我亲爱的母亲，
我亲爱的中国。

# 大白于世

## 一

天下今有五毒恶，
兽心掩面侧脸和。
避而又过火焰峰，
奢桌只作陪笑客。

## 二

多于得道望昆仑，
行之刚正作金樽。
酌斤赐蛊裂心酒，
饮尽沧桑天地昏。

## 三

煲黄连汤，添蛇肝苦胆，干柴沸火，铜锅铁盖烫，切蛀虫烂肉，掰霉腐剁，臭熏肥肥猪肠，蹄脚厚油粗毛，屎尿更异味，变色蛋卵，过限葱油薄饼，漏气真空卤辣，菜叶吐丝青黄，鱼翻白，虾尸僵，干萝卜穿孔，厨房蟑螂，厕浴蝇蚊，世间圾食何止万万，纵有捂鼻不堪，皆是凡人所为，即如此，吞吞入胃。

## 姗姗秋分

一

故园曾应添露白，
夜嗖冷风叩门外。
空山月静嘶北雁，
秋分飘送金叶开。
蟾宫设宴品蟹黄，
全席已摆味色香。
新科状元题名时，
盛京传讯中魁榜。

二

此人千里婵，
三杯酒已欢。
今年枯木早，
莫负登小岚。
古意诗赋写，
且回黄粱夜。
慨然不待我，
问君今何解。

三

小雨空寂寥，只留寒，起风推叠浪，蟹脚痒，漫鼻塞满，等来桂香，早睡好生养，食而燥凉，秋乏困浴干，应自梦遇故乡，丰果尝，数月结鬓霜，红了片片高粱，稻谷纳收归仓，日出而落起无常，最易感伤。

## 峰顶小住

一

朝霞初泄印染天，
山崇还绿桃石尖。
连绵群峰若展翅，
遮去尘嚣隐作仙。

二

雄鸡晓报早啼醒，
路遇邻家笑频盈。
问早何往林中去，
凉风推送至丘岭。

三

天空扑朔已发白，
黎明更新彤日待。
低头不过一秒时，
耀日直闯进檐台。

四

家徒白墙四壁空，
携来字迹衬堂中。
才子人家不惜墨，
清高只点鹤头红。

五

七稚小童三两群，
门前嬉闹向我询。
你从宝地来此处，
为何沾雾不留云。

六

窗前茂叶多，
繁枝似交错。
春生秋字浓，
崖柏千仞过。
换了旧颜娑，
老桩栓新垛，
巢乌翻琉瓦，
泥蚓被分啄。
今早山珍落，
松间鼠搭窝，
不愁觅无食，
随意堆餐果。

# 寸劲遒诗

一

白日烽火逐，
夜来拾星朵。
东山升旭冉，
西海晚霞霓。

二

竹叶只生绿，
终日无花果。
泥下挖笋食，
一日拔仞岳。

三

会当鼓上蚤，
盗得聪明智。
非得真英雄，
各自当好汉。

四

初荷待到盛夏开，
淤莲催藕又一节。
春去万籁浊混沌，
酷暑诛杀九重霾。

五

纸上描来终少力，
修为日积月累成。
上台身手花拳绣，
多少血汗痛砌就。

## 开在春天里的花儿

梅花经过了寒冬，
看起来有些疲惫，
但傲立的身姿还是挺拔。
山茶已经慢慢盛开，
一身粉嫩的装扮，
引来了不少爱慕。
没有染过雪的玉兰，
还是那样一如既往，
无瑕里保留着纯洁。
海棠的香味淡淡的，
春风拂过时，
它无节奏地翩翩漫舞。
那朵虞美人，
带着忧郁的书卷气，
仿佛从远古走来。
杜鹃抹着腮红，
似乎还不够浓艳，
得再添点雨汁润一润。
樱花开出了十里，
围绕着山脊，
穿插在巍峨之中。
玫瑰喝了点酒，
醉意还没有完全消散，
已被有心人摘了去。
芍药不是小家碧玉，
从来不奢求倾国倾城，
只愿解除人间疾苦。
水仙对绿意表达了爱情，
让生命可以淋漓尽致，
直到干涸的那一天。
桃李不言不语，
播撒下颗颗种子，
期待着满园的收获。
月季是花中皇后，
统领着三宫六院，
让百花不再争鸣。
矮牵牛并不丑，
娇小又玲珑，
乖乖地偎依在土地上。
人间所有的美丽，
都荟聚在温暖的春天里，
因此百花都留给了这一季。

## 抗台风蛮

海潮伏逼城塘，
何人甘为杀血路，
抗敌谋略深谙。
此役非血战，
兵法中无云，
强弩箭硬上弓，
溃击成群夷蛮。
紧锣密布挂，
鼓起白帆，
识来彩虹七道色，
似拱桥折弯。
前方传来金令，
先锋手吾辈充当，
又是台虎猛下山。
袭来东海浩瀚，
黎民莫慌张，
收罣铺盖早撤。
天灾自有天将守，
家园亦可固若汤。
千百朝溯古有，
江山屡屡祸殃，
家破背土人亡。
休惧矣，
举国七十载盛强。

## 我今无有茶水待

我今无有茶水待，
油焖香菇爆炒来，
金樱烧酒醇香味，
杜仲猪腰铁锅摆。
茶树干里腊肉块，
蕨粉汤圆三角钗，
阿婆巧做玉米饼，
素盘豆腐烂咸菜。
土鸡鸭煲加药材，
铁皮石斛金花开，
石斑溪鱼辣味足，
地里香荠马兰埋。
野兔田埂跑得快，
一锅麂鲜嘴馋坏，
天麻排骨炖得久，
酒坛羊肉炖芋艿。
山茶油泡脆皮外，
几片天麻焖牛排，
萝皮笋丝火腿心，
大肠深处糯米揣。
卷饼粉丝裹筒卖，
方前馒头素食斋，
糊啦挞上南瓜碎，
小吃琳琅放灶台。

## 心中的大盘山

多少次魂牵萦绕，
多少回梦里故乡，
都只为了你，
——心中的大盘山。
曾几何时，
手捧着大盘山英雄传，
爱不释手，
被一段段可歌可泣的壮
　烈史，
彻底渲染。
曾几何时，
站在大盘山巅，
眺望群峰，
为“会当凌绝顶、一览
　众山小”的壮怀，
大发感叹。
你是儿女心中的脊梁，
你是母亲河畔的壮汉。
浩浩林海，
总让人浑然中身临其境，
却始终无法自拔。
望穿双眼，
又岂是一个“绿”字了得，
任凭怎样敞开胸怀，
却终究流连忘返。
绿浪伴着峡谷里的山风，
似乎在轻悠荡漾，
青纱帐里飘逸着，
百草的芬芳。
那是神农踏过的足迹，
那是道人留下的药香。
潺潺溪流，
总是纯洁得那么无瑕，
映衬那水天一色的广阔。
滋润甘甜，
又岂是琼浆玉液能够比拟。
顶住风霜雪雨的洗礼，
却依然充满希望。
山花俏立枝头，
仿佛在吟唱歌谣，
竹林深处生息着，
大自然的精灵。
那是磐祇播散的春种，
那是安玉哺育的孩童。
心，在静静地流淌，
流淌过你的脚下。
心，在娓娓地讲述，
讲述着你的色彩。
心，在深深地缠绵，
缠绵在你的身旁。

# 悬壶济世安

——2019年中国医师节作

一

仁者救死于危患，
医道扶正治顽难。
天子庶民得各疫，
谁人不治服药丸。
名绝世间扁鹊谈，
华佗妙手斧开胆。
神农本草经纲目，
仲景丹溪九芝甘。
同仁百草念慈菴，
胡庆余堂雪岩颁。
驱邪避正滋阴肾，
辩证中医论三番。
宫墙大内御医传，
悬壶可有济世赞。
山中吐入莫嫌草，
一颗灵芝生死还。

二

峨眉洞天仙家出入，
千年修白蛇，
前生恩今世报，
西子湖畔会许郎。
鸾俦系，红线穿，
人妖共枕床，
自千古佳话。
居钱塘，
走临安，
苏州保安堂，
历经九挽，
夫妇共天苍。
济贫救死中，
扶伤论蚕虫。
头悬煎药壶，
手秉银丝针。
即使法海频扰，
且将敬业安，
恨压雷峰。
皈依金山门，
西湖水断塔亦倾，
天下云之患。
感恩心存无淡，
跪天地祈愿，
独子许仕林中科。
皇恩浩荡，
文武百官共赴上，
才解夫妻于风霜。
功德圆满终有堪，
行医者必盛昌。

## 捧起老辣的烧酒

捧起这一兜，
老辣的烧酒，
闭着眼闷下它解千愁，
只有醉了才能少点忧。
一路走来望不见头，
不知什么时候，
撇不下这一口，
不愿再去回首，
泪水早已挤进了河沟。
人生短短几个春秋，
即便你已前程锦绣，
盖起了广厦高楼，
还是在一步步行走，
活着就是为了不朽。
又捧起这一兜，
老辣的烧酒，
喝多了别怕出丑，
就让它在腹中留，
壮了胆啥都别将就，
红着脸才能不知羞。
刀山火海敢去游一游，
胸中的火终会烧透，
醉倒了才会怒吼，
顾不上是刚是柔。
多少男儿壮志不酬，
摔得头也破血也流，
还是在一步步行走，
活着就已经足够。

## 新年的前一天

天空上的云层重叠着，
泛出了波浪的感觉，
那蔚蓝被挡在了里边，
只映出一点点蓝光。
风一直往里吹，
却丝毫没有吹散的迹象，
只是云在不停地动，
有的染上了一点阴，
有的直接冲破出来放亮。
原来天上也会有纠结，
人间只是照抄了一遍，
这是最公平的景象，
一切都是最合理的安排。
一下子没注意到，
太阳睡好了囫囵觉，

一个懒腰破云而出。
温暖揣进了我的怀抱，
虽然不很烈，
只是隐隐约约，
不过已足够温暖，
不贪心地就这样接受吧。
明天又将是一年，
一切都是那么新鲜，
不厌倦地走着每一天。
终究还是仰慕天空的辽阔，
一直随着风一起翩翩，
阳光稀释了风雨，
留下的只有意犹未尽。
想起春花触我唇，
想起夏日铺我身，
想起秋黄洗我面，
想起冬风刺我心。
都在这一天给出了一个称心的答案，
并送来一个大而圆的实心句号，
不得不说这就是圆满。

## 映山花开红艳艳

乌云压头顶，
不见天空亮，
座座大山道道梁。
北风呼呼吹，
透心彻骨寒，
娃娃哭得凄惨，
没了爹在死了亲娘。
老妇喊得断肠，
儿被抓丁女被霸占，
活着还有啥指望，
死了更是天大的冤。
穷苦人数不完，
何止千万万，
裹着草毡当衣裳，
扒了树皮挨一餐。
泛黄的苦菜早已被挖光，
苍天何时出红日？
大地何时见阳光？
映山红开在了山岗，
镰刀斧头的旗帜渐渐燎原，
打倒了土柴狼，
开米仓夺了粮。
冲进门分财产，
终于有了土地有了房，

站着说话挺直了腰杆。
映山红插到了战场，
镰刀斧头的旗帜冲冲而上，
打败了东洋兵，
收失地复河山，
报国仇不忍让。
终于长了志气壮了胆，
撕破了不可战胜的神谈。
映山红唱出了辉煌，
镰刀斧头的旗帜高高飘扬，
打垮了国民党，
缴下了美式枪，
滚到了小台湾。
终于迎来翻身得解放，
中国人民从此扬帆启航。

## 是雨还是泪

没有征兆地听见了雨声，
想打开窗去瞅一瞅，
急忙擦掉眼前的湿润。
雨下得不慌不忙，
在风的怂恿下，
不难听出已泣不成声。
雨滴之间没连成线，
尽是凌乱的断珠，
天和地相隔很远，
距离影响不了所有的感应。
明明白天还有阳光，
虽然微弱得无力，
但至少还有些暖意，
这点慰藉倒可以看清风云。
雨声越来越有力，
雨点也圆滚了起来，
但还是没有连成线。
断珠猛打着窗，
然后折射着溅到了脸上，
眼睛更加模糊不清，
鼻孔也半塞半满，
嘴里尝到了雨酸味。
这时呈现的一切是那么妥帖，
不愿把额头伸回来，
淋漓算得了什么，
冻僵有什么可稀奇，
就让它们继续交织着，
最好分不清到底是什么成分。
这雨不仅接地气，

关键时还能通人性，
让随行的风渐渐停止了
　袭击。
用自己的方式说出安慰
　的话语，
直到脸上恢复了干净，
看不出交织过的痕迹。

## 樱雪

樱如雪，
缠风微烈，
弄絮纷纷谢。
洒尽人间旷野，
掩满春江花月，
飘亦高洁，
谁把痴心借。
诱来嗅色，
绿芽新萼，
引迢迢慕客，
陶上心头相思歌。
此曲琴瑟和，
不忍折，
欲罢不舍，
许身为求得，
千金难买这一颗。

## 来去都是客

掌声雷鸣一般响，
热情的程度从中得知，
没什么隆重的仪式，
不需要接风洗尘，
只是从一个地方去到另一
　个地方。
眼前是一张张可掬的笑脸，
甭管是张三李四还是王五，
都以寒暄作为回应。
脑海里一下子装不了所有
　的面孔，
但礼貌总是永恒的待人
　方式。

这一天起，
历程中又多了些过眼云烟。
或朝夕于昙花下，
或共处在河畔间，
或斗争中生死共，
或悬河下分扬镳。
烽火里你们是战友，

游耍时你们是闺蜜，
酒席上你们是对手，
跋涉中你们是搭档。
人与人之间常常被这样定格。

突然有一天，
急匆匆地收拾起行囊，
装载好所有的物品，
却发现装不下留恋的心房。
回头已是他乡，
前面似雨袭狂，
伫目来时的那个方向。
再看看自己的面庞，
青春的发髻变得稍短，
黝黑的皮肤有些萎黄，
握紧拳头少了那股狠劲，
一脚飞球踢不出太平洋。
该来的还是坚守，
该去的照样流逝，
留下了什么？
带走了什么？
我们都只是行进中的过客。

## 望着那抹红霞

初升的太阳照过山岗，
光芒征服了群山。
你纵有险峰峻岭，
你纵有高耸巍峨，
也逃不过犀利的目光。
在回避的身后化了妆，
红扑扑的脸庞，
像个熟透了的苹果，
恨不得咬上一口，
又担心令它破相。
蒙上双眼让自己屏住心跳，
可暖阳唤醒了朦胧，
清晰地看见了你的外观，
并不强烈地一直冲上，
柔中带着一吨刚。
舒服得想偷会儿懒，
即便是晌午过后，
你改变了惯有的线路。
历来文雅可以成为疯狂，
只要你依旧绚烂，
没有不可能的遐想，
心里固定了你的形象。
奔跑吧红色的霞，
即便你褪去了颜色，

像个火球一般耀眼，
你还是会回到起初的状况。
跑不动的老牛，
不懈地耕耘着麦场，
仅仅一亩三分，
疲倦地望着收获的碎稻，
还有几粒不能打滚的黄豆。
皮肤晒得黝黑，
双手干涸地拎不动麦筐，
泥泞泡裹着双脚，
陷入土地的深坑。
并非无法自拔，
更不可以欲罢不能，
残喘地活出期望。
如你一般初升，
和你一样红妆，
学你一同成长，
等你一起高翔。

## 日渐渐雨・懵思

### 一

云低少来雾更霾，
空寂无蔚只苍白。
叫雨猛下几日好，
那里土埂可沼海。

说冷寒冻谁剪裁，
冬去三分乘春来。
即将元日旦心回，
老龟今年云游外。

### 二

临近翻一年，
是非著小篇。
囫囵吞颗枣，
岂可再衰颜。
过冬薄衣件，
少壮是门面。
添来岁龄多，
裹个半边脸。

## 春入夏

### 一

夜热无风似已夏，
未曾思春修书画。
三月知樱伴紫藤，
摇落千愁尽药茶。

二

衫缕丝薄纤蝉翼，
唯有病者厚穿皮。
狭路少年飞驶过，
相逢何必见高低。

三

家园还有小秋凉，
负于花香遂心长。
裹住烈日不相见，
炎炎为谁送寡莽。

## 映月泉中

一

残月稀疏映二泉，
抚琴悠曲世间怨。
雷尊小道沦盲乞，
无锡城中酒肉欢。

听松侧耳自心宽，
寒春风里梦魂断。
大浪淘沙难歇雨，
遥知昭君出塞晚。

二

手指拨心弦，
酸苦落凡间。
二胡识人意，
琵琶奏浑天。
歧路我看见，
你却多言辩。
是非后人论，
何必自疯癫。

三

枯木芽尖粉，灌以春花，素来清者无痕，削来天山雪莲，贵重自然难取，得来用心应付。一载只有十月冬，过而挽，早春明月少秋风，待到四季交替时，愿留宿，坐下品三生，逐波放流，万象新来一年好。

## 暖惊天·转冷

一

昆城翠湖柳燕肥，
初到婺州献三媚。

明明十月雪来迟，
锦簇含苞待笑微。

二

女儿豆蔻红，
绿夹稚苗中。
昨夜北风莅，
今晨已寒冬。

三

闻人道，四季可分明，春暖三月遍地生，夏炎草虫四面逞，秋叶掀金黄，冬瑞丰年兆。曾几何时赋词，笔卷苍炯，天下借我繁景，色彩尽斑斓。只因近日常暖，大雪冬至过，本该溪冰结，冻霜敷菜绿，正思不解，犹停歇。渐入午后，日头藏躲，煦阳收，湖面风赴，疾驰转，赶去应天命，换了天际，蒙蒙霏雨丝缠，入土溅尘。一缕薄衫寒颤，缩起紧脖，乘风而上，故曰，古时言之理，风云本不测，六月飞雪，十月阳春，俨然存于世。

## 武侠之风行天下

晴了三日空雨来，
一帘梦幽挂瀑外。
跌宕行走遇莫愁，
五尺之心幸侥怀。
桃花不闻玉竹箫，
平履不识江水蛟。
凌风可曾知今日，
堪作飞贼御内飘。
平来生庸观武侠，
怒有西毒见厮杀。
南僧本是皇帝君，
抛却俗尘负天下。
做个求生乞讨人，
擒来花鸡土中焚。
招来贪睡逍遥游，
降龙打狗著人神。

## 橙柑橘赋

素裹金碧透辉煌，
似个圆中润甘。
溢出口水馋，
此物方能解渴。

顺手摘下几两，
顿时扑鼻香。
剥下厚薄衫，
且慢懒丢在旁。
待日晒风缓，
贵为陈皮良方。
治脾胃清肠，
除湿温肝。

苦中带鲜酸，
内中八片相为瓣，
瓤外皮外翻，
无一颗籽胆。
分开小叶扁舟，
两头一弯，
底座稳稳而放，
形正品且端。
土生南为橘，
北山种芦柑，
中原盛产脐橙。
悦入小口满，
陶之醉，
难以止心胚。
再不捂嘴，
猛啃恶食当饱饭，
一嗝打搅。
只见大大箩筐，
彻已精光。

## 正月十五 · 杂诗七言

神针定海镇蛟龙，
难怪正月无锣鼓。
那年爆竹声还在，
留作此时闹元宵。

花灯浮水八仙来，
福禄寿喜四星到。
九子攀桃活灵现，
莲花台前拜观音。

撒粉白面揉汤圆，
灯红映照福字倒。
揖礼相借祥云去，
问君可知贵佳节。

几笔翰墨庚子赋，
连日诗篇若润雾。
满心挥得甜浓蜜，
为有文采话情谊。

欲行千里望远方，
天涯何处不思亲。
邀来喜鹊寄书信，
家中多开万年青。

## 母亲，为您送上生日的祝福

——纪念建党 98 周年作

今天是母亲的生日，
送上衷心的祝福，
为您高声歌唱，
那首永不走调的山歌，
深情地演绎却流淌着泪河。
歌声和我的心一起沸腾，
唱得三山盎然，
唱得五岳浩瀚，
唱过昨天的苦难，
唱着今天的幸福，
唱出明天的期盼。
旗帜上金黄的镰刀斧头，
正熠熠生辉，
从登上红船的那一刻起，
我们一起走过了 98 载。
亲爱的母亲啊！
我一直想用最直接的方式，
对您深情表白。
我是多么的热爱您，
不是因为您崇高伟大，
也不是因为您美丽无瑕。
我身上流淌着您的血液，
鲜活的生命是您无私赐予，
我是您养育的骨肉。
那崎岖路上，
您舍身为我遮风挡雨，
狭隘中开出通途。
那危急时刻，
您舍己给我留下生机，
漆黑中迎来光明。
我们在一起生死与共，
您总是把最好的给了我。
苍柏一般的躯体，
阔海一般的气魄，
斗士一般的坚强，
忍者一般的勇敢。
这份恩情溶于灵魂，
化为永恒的信念，
纵有满腹经纶，
却写不出一个感激的字眼。
纵然舌战群儒，

却道不出一句感谢的话语。
耳边依然响彻，
回荡着那句掷地有声的
　誓言，
为共产主义奋斗终身。

## 炼遇

腥风肆惮血雨浇，
杀回歧路人已憔。
一载之中可安定，
潮涌见多鼓梁蚤。

人间沧桑正义高，
生死沉浮皆此抛。
留下清影度三世，
活等残烛暮容早。

见了桑榆夕阳好，
欠下先宗祭青烧。
牛马禽畜聚同类，
只等宰杀还未老。

草诗匹装五口窑，
才横李杜作野苗。
笨鸟难飞丛林涧，
吞食苦胆不死妖。

相谋素来插肋少，
人面昙花逝夜消。
得来相问少助力，
不借尚方自炼刀。

## 浣溪沙五首

### 一

渚溪闲鱼自上钩，
乱瀑争汹作头畴。
独携钓杆上银扣，
今日助你过木舟。
斗笠朝天独自收，
日升残阳雾纤柔。

### 二

半黄青青麦刚出，
江南农田踏耕粟。
远炊烟景袅来无，
雨漫清河脚滩逐。
雪下年初瓦露疏，

归来冰寒泛白犊。

三

梦遇华山上九重，
朝来仙鹤坐车龙。
雄岭巍峰一时同，
才腹有诗心内充。
湿过白石壁林塚，
高吟新词唱古恭。

四

万顷波涛不能寡，
晴雪无霜只印画。
但令人情忧愁骂，
花袖锦衣风萦霞。
酒醇只等金樱打，
尊上几杯敬贤达。

五

粉黛郎君又生奴，
莫教家规犯贱粗。
鬟妹自然冰玉酥，
请客能为闺女赋。
凭你送下竹简糊，
魂游桃源觅桑谷。

## 海棠依旧

——敬爱的周总理逝世44周年哀作

很久没有嗅到这花香，
也不愿在梦境中往返，
却禁不住把你念想，
你是否依然，
还扎根在那片土地上。
春华秋实失去了方向，
因为你的主人去了远方。
你在孤独地期盼，
那如雪的花瓣，
在寒风中高昂。
冻不死的枝节，
枯不干的蓓叶，
生命在无畏中蓬放，
人间因你而充满爱。
对不起，美丽的海棠！
我不该又拾起悲伤，
真的从未将你遗忘，
只是默默的不敢，
那颗心已经痛得灰暗。

44年前的今天，
海棠一夜之间凋落，

被掩埋在厚厚的积雪中，
已然分不出色彩，
覆盖着苍白。
四处只听见哀歌，
山河一角崩塌，
东方红日蒙上了黑纱，
并非长江天险决堤，
不是黄河两岸泛滥，
只因一人去。
宁静的西花厅，
是谁哭的那么惨烈，
是你吗？美丽的海棠，
我已无力去为你培土，
我已无心去把你安慰，
和你一起死去活来地倒下，
只剩下窒息前的呻吟。
捧起了一大把，
不知是雪还是花，
泪水根本无法将你融化。
今天又想到了海棠，
泪流急转滴下，
又刻到了血骨，
又触进了铭心，
园丁栽种出了往昔的海棠，
鲜活终于可以感受出来，
洁白依旧无瑕，
脱俗依旧高雅。
主人在天上依旧牵挂，
你依旧这么盛放，
依旧开出那么多崭芽，
和主人一样用无私去播撒，
不惜“鞠躬尽瘁、死而后已”。
感恩而来，
只为周全，
感谢你，美丽的海棠！
想到你就想到了他，
你是他的化身，
他是你的神话，
我会去告诉所有的人，
“海棠依旧”。

## 满怀深情叙党恩

——县府办系统行政执法局代表队朗诵参赛作品

南湖中微波荡漾，
初升的太阳照耀着红船。
一群有志青年来自四面八方，
他们穿着长衫，

却扛着理想，
他们背着行囊，
却担负希望。
他们在苦苦地思索，
他们在细细地酝酿。
为了中华之崛起，
不惜抛下重重头颅，
不惜洒尽滚滚热血。
再也不能止步迷茫，
再也不能受欺忍让，
更不能眼睁睁看着同胞
们饱受凄凉。

吹起集结的冲锋号，
举起镰刀斧头，
血肉筑起了新的长城。
一颗颗年轻的生命坠然
倒下，
又一颗颗茁壮的生命蓬
勃奔放。
砍不完革命者，
杀不尽后来人。

看那“五四”烽火熊熊
而燃，
民主科学树起新青年的
榜样。
“八一”暴动兵临南昌，
打响国民党反动派第一
枪。
星星之火燎原井冈，
啃过坚硬的树皮，
嚼过腐烂的草根，
翻过了雪山，
趟过了草地。
二万五千里征途历经沧桑，
打不垮，除不完，
共产党炼出了意志如钢。

仅仅只是小米加步枪，
推倒了反动派，
赶走了野心狼。
老百姓是无敌的力量，
筑起了屏障，
守卫着后方。
推着小车救伤员，
赶着毛驴送军粮，
老母送儿去参军，
新娘送郎赴疆场。

共产党大救星，
推翻了头顶三座大山，

解放农奴四万万，
耕者终于有其田。
不再忍饥挨饿，
不再做牛做马，
挺直了腰杆，
站立起来当家做主人。
共产党指航程，
为了民族复兴，
共筑伟大中国梦，
奋斗两个一百年，
世界为中国喝彩。

我们心向党，
满怀深情叙党恩，
我们紧跟党，
胸有成竹再出发。
无论走多远，
不忘来时的路，
初心没齿不忘，
矢志决心不改。
无论风雨交加，
无论春光明媚，
党与人民永远同在。

## 父亲的情商

——致敬父亲节

父亲几乎没啥情商，
除了高大伟岸，
不愿留下一句多余的交谈。
除了牛一般埋头苦干，
只会挑起所有的重担，
为了一家生计奔忙。
看得出他已疲惫不堪，
他却习以为常，
无止息地任劳任怨。
每当看着渐大的儿郎，
如青松一般茁壮，
欣慰在无限泛滥。
无论多么背痛腰酸，
总有力气把我举到肩上。
最大的靠山，
固厚的城墙，
还有那双结实的臂膀，
伸出就能看到力量。
还有那道笔直的脊梁，
天下数你最强悍。

再次回望，
他已布满沧桑，

只剩下佝偻和踉跄。
守在孤寂的家乡，
重复着望着小窗，
那是孩子归家的方向。
早已备好的美餐，
舍不得独自品尝，
即使发霉腐烂，
也不忘把它珍藏。
父亲几乎没啥情商，
他的爱却像路一样久长。

## 画中春

### 一

真爱只恋春，
一见倾心湣。
觉晓夜眠中，
处处鸟啼困。

### 二

风暖只借细腻，
二月剪裁春衣。
舀潭山水徽墨，
辗转已汇三溪。

### 三

画不尽初春美景，
叹一首江花水映。
夺走了君子好逑，
归来时盛夏无萍。

## 盛花三月

### 一

三月迎来并蒂花，
半边胭粉媚妩霞。
俏语搬来春香遇，
染尽嫣泥觅寻她。

### 二

木兰辞中复唧唧，
金山擂鼓收复地。
花甲披盔再出征，
一代鉴湖女侠义。

### 三

自古今来巾帼在，
振兴邦国未有怠。
红妆武将担任重，
铁血不逊七尺怀。

# 看到了夜色

早餐店关了很久，
桌子都泛起了一层霉灰。
想起这里头的白菜猪肉饺，
还有两面黄的鸡蛋饼，
口水还是滑了出来。
老板的吆喝声脆亮极了，
是个草根“男高音”。
卖菜大妈的板凳还在角落，
被一条绳子拴着。
突然想念起她的菜，
因为都是自家种的，
从来不撒农药化肥，
总是在第一时间被抢购。
鱼店的铁门半开了，
杀鱼的小伙子在抽闷烟，
眉头紧锁的神情，
正为这生计发愁，
地上烟头已经数不过来。
烟酒摊没打过烊，
因为自个儿就是房东，
穿着件毛茸茸的睡袍，
手里端着碗热腾腾的“康师傅”，
眼睛发直地盯着电脑，
正在猛追神剧。
药店的阿姨成了守门神，
安静地坐在一旁温书，
趁闲着多学点知识。
最麻烦的还是水果店，
小妹妹已经哭了好几回，
库里的存货开始腐烂，
血本肯定要赔光。
棋牌室已鸦雀无声，
宠物店还关着几只小狗，
酒店闪着零星的碎光，
洗车店的地上干巴巴的。

整条街遛下来，
见不到几个人，
偶尔见到那么一二个，
都是去觅食备粮的，
还有几个在瞎跑，
属于在家憋坏的。
一眼望去很少踩到垃圾，
走到拐角处，
两个橙黄色的身影格外显目，
一对带着口罩的环卫老夫妻，
捏着一把大大的扫帚，

娴熟地挥动着手臂，
从东边扫到西边，
再从南边扫到北边，
这个时候依然需要“美
　容师”。

夜渐渐地深了，
人们一反常态地纠正了
　夜生活，
习惯了早睡晚起，
健康就这么“被逼出来”，
有的坏事无意中变成了
　好事。
环顾着，
宁静的天空，
寂静的街巷，
安静的心灵，
这夜色照旧无比的美。

## 秋虎访

谁有这么大的能耐，
把炎炎夏火浇灭，
虽然今年的火烧得不旺，
但也轮值了一季。
期间台风添过烦，
三伏也捣过乱，
愣是按着规律走出了局。
秋风送来了绿豆汤，
降了火燥的暑气，
准备脱下汗褂换长衫，
结果来了只不知名的猛兽，
姑且叫它秋老虎，
使劲地煽风点火。
催着假期里的烈日去加班，
给足了双倍的银两，
诱惑面前谁也挡不住，
稀里糊涂地又点起了火把，
热浪一拨又一波。
不知从何时开始，
秋老虎几乎年年到访，
说是串门走亲戚，
可是来时见影去时无踪，
总是见了头却见不着尾。
这头虎的年龄足有千岁，
它是九天上的神物，
四季里的鬼冢，
天公管束不了它，
地婆也得去巴结讨好。
听说近日它要走，
反而多了几分优柔，

该拿什么送它一程，
呈上一朵烈焰的玫瑰吧，
并系一把娇嫩的栀子叶。

## 秋雨

一

宛道突邪雨，
灌无一尺凌。
榻铺高枕卧，
只开小窗醒。
书卷常开阖，
瓢浑浊淋清。
长年谙诗诡，
自闻肯留姓。
布靴未湿脚，
仙人渺漂萍。
伞把忘勤带，
催鞭马失停。
云中风作朗，
付我慷慨名。
暴生牵珠帘，
不会总雾影。
岛沧做竹舟，
凭你野路行。
西出映日彩，
秋高最爱晴。

二

拦妖直截利剑顽，
血刀劈云漏雨盘。
早降魇魔拯霾貉，
管它嘶叫漫峰峦。
常坐西院听甄嬛，
晒罢幼谷修篱椽。
洪兽猛虎压昆仑，
几岳巍动胜三山。

## 絮醉

一

暖风熏游醉，
不敢睁眼垂。
忽风转絮雨，
糊了目清晖。

栽下玲珑蕊，
结果称双对。

节外出墙枝，
羡她活百岁。

二

谁来初逢，万树撩花欺人，叶落不等，瓣恰碎生。此去图报恩，无情疑是真，今且不留痕，明朝覆生，莫闲等。不止樱藤，飞满锦上官城，离了根，罢了恨，一夜春香梦。

## 耕者自乐

锄头把手磨出了血泡，
慢慢地变成了老茧，
这块死皮坚硬无比，
即便剪去它也没有痛觉。
身躯日渐佝偻，
这并不是屈服，
更不是蜷缩，
而是群山俯卧的模样。
烈日烤出了焦脖，
污洪泡白了双脚，
重担活生生地扛压着，
肩头的凸骨磨成光溜的平坡，
胯下弯成了一道拱门。
各种颜色的泥土交杂着，
全都渗进了血肉里，
指甲厚如钝刀，
只剩下翻盖后的息肉干。
残喘的呼吸赛过热坏了的老狗，
臭汗和屎尿合成了最肥的浇料，
灌溉出能活着的口粮。
蹲坐一会儿吧，
一个破碗接着洞里的山泉，
几块红皮白心薯兜里揣着。
好久没和草虫谈心了，
山雀又来帮着挠痒痒，
蜗牛很了解谁的心里最苦，
蜻蜓总能获知阴晴，
野猪见不得老实人被欺负，
山兔蹦得高看得远，
青蛙教会了蝌蚪找妈妈，
水牛才是一流的潜水者，
螳螂的锋刀从不砍好人，
蚯蚓不觉得自己软弱无能，
穿山甲不畏铜墙铁壁，
老鹰并不只会捉小鸡。

虽然听不懂那些花花的
　流言，
也吃不消霓虹灯的耀眼，
不会玩斗地主的游戏，
三张牌不知道怎么摆，
骰子滚不出六个点。
酒肉钻不过直肠子，
面具轮换着使不出各异，
心狠得裹不住清白，
手拿不住呛人的剁椒。
还是握着锄把带劲，
操练起来好似台上的武生，
挎着镰刀多威武，
不亚于将军腰间的手枪。
穿着草鞋没有脚气，
背上蓑衣是统帅的盔甲，
一摞犁耙破开了路。
挨着天踏着地，
笑看着映红的日出，
心随着辉煌的夕落。
做一个耕者挺好，
天下不过一亩三分地。

## 花儿西落

风从西北边吹来，
裹着冬季刺骨的寒凉，
带上即将春暖的新叶，
猛然贴近我的脸颊。
没有被滋润过的颜容，
剩下随风干涸的鬓发，
其实我并不熟悉这种交替
　的感觉。
我毅然独爱花儿，
不忍直视待放的羞涩，
只用指尖轻轻地抚它。
尘土一层层地铺盖上来，
揽住了它逸动的光泽，
这不能令它逊色，
它征服了凡间所有的高雅。
太阳总是从西边落下，
花儿紧跟着飘忽，
夕阳辉映中，
才嗅到了它的沁华。
熏醉过了一百年，
清醒来时，我在花丛中。

## 虚惊来蛰三首

一

子夜惊雷不轰鸣，
蛰日明媚复春粹。
十里香樱开盛早，
山雨扑来泪入溪。
一朵桃花随风去，
几枝梨飞闻讯来。
挽意拳拳留故友，
他日相逢已归根。

二

无云蓝蔚好，
雨停晴舒人。
虚度春忙时，
三生几寸金。
广步于庭前，
披发须更浓。
惊来几日老，
蛰虫不肯归。

三

镜前菱花影，
贵有花季十八春，
不惜当初有，
过了黄昏才垂头。
追过离弦飞鸟，
猎下五头虎狼豹，
一口登五岳，
黄河捉九鳖，
惊万籁。
今作蛰，
伏洞炼丹颗，
笑翻了天上老君，
拂尘而去，
地上无神便是仙。

## 那一片云

总觉得天上非常的宁静，
是一个既安详又和谐的地方，
每当高仰起头，
眼前的一切快速变大。
乱坠了的天花，
塞满了小小的心坎，
陷入了畅快的遐思。

谁知天上一刻都不能消停，
日月为了轮值，

闹得不可开交。
不顾天庭的威严，
竟然大打出手。
妖孽般的阴晴，
疯癫地已无药物可以把控，
早已失去健全的理智。
易怒的雷公，
即使没有喝醉酒，
也会无端地甩来耳光，
打得星星四处零落。
天之大，
没有什么可以比拟，
找不到任何东西将其包裹。
天之高，
没有什么能够触及，
也找不出任何东西将其穿透。
凭什么这些过客这等粗鲁，
而遭殃受罪的总是憨厚的大地。
此时、此刻、此间，
猛想起了那一片云，
它游刃有余中还能轻松自如，
因为改变自己而获得美丽。
明媚时化作一片祥云，
夜幕时披着七彩追赶月色，
寒冷时聚来雾团取暖，
疾驰时脱下脚靴轻装跟随。
尤其在晴朗的世界里，
是最神奇的魔术大师，
把万物的身形悬挂在天空里。
蔚蓝时你甘愿全身而退，
万里长空见不到你，
甘霖偎依着你才能降落，
焦热的日光只有你可以阻挡片刻。
那一片云，
生在无暇中，
翻腾时可以横跨黑白两道，
庞然时惊天动地，
微妙时玉宇澄清。
天空被玩弄得团团转，
大地更是持于鼓掌，
不变的还是那一片云，
它在万变地飞翔。

## 西园啊西园

这里书声琅琅，

唐诗宋词，
四书五经，
在这里变得悠长。
这里百花盛开，
学子声声诵古吟新。
云山脚下，欣然之中，
看那云山峰里白云飘飘，
看那西园脚下，
杜鹃啼血，百花迎春。

我们用心唤醒了历史老人，
我们用脚步踏着千年的路径，
我们用传承，
牵起新时代的希望，
我们用行动让西园遍地争春。
多少回在梦里想着李白，
多少次在眼前见到了东坡，
又有多少次与孔孟夫子促膝长谈，
又有多少次与先古前贤秉烛。
江湖之上，绿荫之下，
有我们无声的期盼，
天之高地之大文化在心中讴歌欢唱。
无尽的道路，无尽的前行，
是我们追寻古人的足迹，
不惜的努力，不懈的奋进，
是我们让传承之路走得更远更长。
没有花朵，不会生长，
没有草坪，不会绽绿，
没有读书，怎有传承？

千年的故事就在身旁，
一代代一辈辈，
怎能忘了老祖宗留下的那一抹血脉。
我们扛起重任，
我们挑起肩担，
我们不畏前行，
我们不惧荆棘。
我们为了文化之传承，
不遗余力，勇往直前。

# 请允许我还你一个军礼

——为 2019 年“八一”建军节作

金色的天安门，
依稀还能听到领袖震撼的宣告，
银色的人民纪念碑下，
浮雕记载了悲壮的历史。
那震天的开国礼炮，
响彻九百六十万平方公里。
开天辟地的这一天，
八一军旗迎风高扬，
和年轻的子弟兵一起，
接受共和国的庄严检阅。
你从南昌起义军中走来，
烽火燃在了井冈山。
五次出生入死反围剿，
飞夺铁索抢夺泸定桥，
强渡乌江天险破重围。
乌蒙山中盘旋战，
浴血历经二万五千里，
三军大会师齐聚甘宁。
北上抗击日寇，
首战平型关告捷，
百团破袭震惊中外。
黄土岭上，
“名将之花”凋谢太行，
军民摆下了天罗地网，
把鬼子彻底赶走。
百万雄师打过了长江，
推翻了蒋家王朝，
剿灭最后的残余匪患。

鲜血染透了八一军旗，
钢铁打造了坚硬的旗杆。
险情灾难来临的时候，
战火硝烟纷飞的时刻，
冲锋陷阵的总是你，
前赴后继的也是你，
赴汤蹈火的还是你。
保家卫国的人民军队，
捍卫疆土的文明之师，
强国路上的威武劲旅。
今天恰逢你的生日，
当再一次面对你，
请允许我还你一个军礼。

## 见雨抒·丹青

一

半日苍白若木鸡，
壁上龙泉磨折用。
江山不易秉作改，
山人有计能升天。
残风恶雪噬肉骨，
山穷绝岭脊路狭。
剩余多少火热血，
水煮汤蛙跳温锅。
豆萁燃烂一口羹，
分根离兮同根生。
剖釜相煎何太急，
瓜蒂连落憎凄凉。

二

溃军旌旗在，
败卒手持刃。
帅印阶下偶，
马革裹忠骨。
窦娥六月冤，
枉告恨地府。
鬼亦识人性，
地狱大开门。
不请包黑子，
开封鸣通鼓。
铡死老王权，
丹青照后生。

## 谷雨

一

杨花凋零春已末，
雨生百谷霜渐薄。
潜入随人杜鹃啼，
映山浸染嫌土沃。

二

祭海渔神妈祖拜，
食已香椿灶炉盖。
三朝牡丹仅洛阳，
今年几度花魁开。

三

南坡北洼种，
水秧插垄东。
镰锄勤耘手，
夭掏现李秾。
春薯栏肥豆，
笋竹炖咸肉。

夜夜思春雨，
黄花几人瘦。

## 那边樱花已开

这个春天很短，
吹暖了山和水。
地面绿草迫切地冒尖，
不知谁给剪了个寸头。
千里之外是樱花，
风停了很久，
怕吹落了它的蕊，
雨洒得更轻，
怕折弯了它的腰。
我在梦里寻望，
那梨屑的燕舞，
雪粒可以充当其中。
羞羞的朵尾，
离争艳还是早了些，
没有追逐的力气，
少了奋斗的搏击。
可论起柔情，
那么苍天大树都得为它点头。
听说了一万里的花岸，
经过的人都是醉了才回，
好几日过去了，
都绝不了赞叹的嘴。
枝还是那时的枝，
叶还是往年的叶，
不露声色才是绝了的色，
道不出是什么颜，
只知是天然雕的容。
万人涌去，
也是鸦雀无声，
身临其境后都被摄去了灵魂。
那边樱花真的已开，
掰开心的碎片，
送几块到那里安放吧。
故土才是人生的初恋，
即便鬓发霜染，
老泪纵横时还是想着它。
托人劝劝那里的樱花，
你可否慢些再慢些盛开，
待我归来，
待我归来，
待我归来，
呈上我对你的终爱。

## 雨赠芒种

### 一

三候破壳螳螂蛉，
喜阴伯劳鸟枝鸣。
黄梅覆雨涨河高，
麦收稻种遍五行。

### 二

抢芒埋作物，
趁晴收麦芦。
几束米粱豆，
发颗粒黄熟。

### 三

农忙嫁树郎，秀女出房，百花凋残落早叶，饯送几里花神缘，祈五谷，求丰登上，金秋打把获收汗。袖带飘飘，罗叠成千旄旌幢，青梅煮酒遂于论英雄，忆红楼，黛玉今日葬花投，几年哀愁，付之荣国东流。

## 青楼记

自比梁红玉，
才横清照自趣，
本姓杨初名云，
江南文宗白发颜。
风雨家国乱世，
湖上戊寅草，
柳水如人是。
南朝钱塘花月，
常坐油壁车，
能书又擅词，
玉台新咏乐府提。
解了多情苏小小，
难为思阮郁，
青翠埋骨西泠墓。
艳若桃李歌喉婉，
高张艳妃銮，
红妆季布宋江留，
天南地北李师师。
天子亲芳泽，
金屋玉床侧，
簪吞恨死香消愁。
声甲天下，
余音绕梁昆腔角儿，
秦淮八艳金陵贵，

献媚三人石榴悔。
谁料城破三桂刺，
沉于莲花池，
畔边可识陈圆圆。
浮萍民国往事，
松坡独树讨袁旗，
千古逃之恋。
八大胡同小凤仙，
抚琴盼君东归，
却传将军死，
隐隐生平终泪止。

## 落笛

月色别久，几番照我心沟，数梅闻笛，只唤故友，扒了清风与摘手。逊增鬓白，忘却老否，春漾有笔，怪不得，竹声淑柳，无香入瑶溪。

江国寂寂，寄路遥予外，初积泛雪，难抑尊卑，萼红序言耿怀忆，记得曾携手相留。松腰折，西湖碧落，又思片片，吹不狂，几时来见。

## 颂春鼠

舒缓的春风呼呼地飘，
荡起神州五彩缤纷，
喜庆洋溢着中国红，
染遍了眼前的景色。
晨钟正准备敲响，
辞去相伴过的一个旧岁，
迎来的是焕然的新篇。

一窝可爱的金鼠，
跃跃窜动着，
荣登上了 2020 的舞台，
看谁还敢在您过街时喊叫。
谁见了都得尊称您“鼠爷”，
其实您向来谦虚有礼，
总是虔诚地双手抱拳，
时常俯身作揖的去膜拜。
您把团结协作干到了极致，
把风放哨您是顶尖的高手。
您总是忘我地勤奋工作，
其实常说的白加黑五加二，
真正的原型就是您。
每一次你都不索求多大的

回报，
这是伟大的革命乐观主义精神。
在大是大非面前，
您不失大无畏作风，
无论天敌汹汹而来，
还是危机突然四伏，
您轻松穿墙越壁。
转身奔行如飞，
来一个溜之大吉，
请来十万天兵也逮不住您。
你玩的总是高智商游戏，
难怪科技领域借鉴了您的天性。

这一年由您轮值堪当重任，
十二生肖以你为首。
因为龙蛇马牛不敢与你并肩，
猴猪狗兔更是对你望尘莫及，
这世上绝没有随便的功成名就。

除夕夜围炉坐到了天明，
等来了大年初一头一天。
这一夜人们却早早地入睡，
轻轻地不作声，
把门庭上红灯笼挂得格外高，
把喜庆停留在这一刻。
因为今宵鼠爷嫁千金，
人们自愿做起了观客，
悄悄地给您捧场，
静静地为您道贺。
这故事听了不知多少代，
美好的东西经得起永流传。

您不只是“鼠”于您，
在人们的心中非你莫“鼠”，
您是多少人的归“鼠”，
您开启了新年的“鼠”光，
让这一年的好运都“鼠”不胜“鼠”。

## 贺春新赋

源来殷商时，除夕末初一首，年之计在于春，祭祖神，熬守岁，围炉坐整宿。起更酣迟，梦睡又早，少喧闹，鼠娘嫁了闺中妙。

玉烛红燃，门户联春挂，福字倒临，降妖伏魔镇邪，祈丰年，辞旧迎新换人间。谷子五熟，耍狮舞龙秧歌跷，风调和，雨顺谐，民居安乐业，聚宝财源滚。金犬辛，祥猪瑞，十二生肖轮值,砸年糕寓意好，捷足步登高。

思乡归心似箭,满圆汤团，饺子相交，零钟报晓，面卷煎饼，夹翠缕红丝，含金鸡玉燕。烟花绚丽爆竹鸣，正月十五元宵闹，锣鼓敲，唢呐叫，长龙请进门，月皎，跃燎，悦眺，越好。

## 蝶恋花·上元节

火树红灯笼三夜，月圆无霜，故交见字如画。家祠起鼓问响锣，无心圈点随提马。

山城默默喧不起，空楼立宇，农渠新沟桑社。冷雨荒声敖龙下，垂心雪意云腾野。

冬衣不寒心昧处，倦懒困久，端坐倚栏嗜梦。贫依嫌裕贵衣冠，日久知木不解欢。

唤醒春芽抖神采，人来花开，赴上君子文遐。彩练研磨作诗画，枉自称伦空秀才。

## 眸心清

寻不见吾人，冷不沾边，凄寒戚惨孤悠悠。神姜暖汤腹中否，最易失吼。何不添盏淡酒，驱邪狼，疾风晚来！南雁驰，正伤头，却识旧友相知。

黄花遍野荒株，红眼糊，猜不见折叶花骨？著花窗儿，目清视多物！即将蔓蔓细雨，早起到黄昏，一点二滴三泣，岂是忍字绝意！

## 新年词

已知新年近,为何悦喜淡，岁逝去，日匆忙，窗台霜花几时临，扶摇白雪即春归。北国风光，独爱银装素裹，小桥流水，堪是江南十月天。难得一缕冰，盖了水平明镜，细数柳弯，理丝尤添乱，醉了山花浪漫。爱过江山美人,不只寻欢，世间李杜白,自嘲敞怀三百章。

故园多情,一曲汉歌哀怜，犬叫一载，声嘶力竭有余，起又伏,跌宕还。三分险七分难，实在疲疾，众心携挽，终过往，首元开厢，均事如人愿。除夕将至，馋猪洗温浴，换了新袍，颜上腮红如陶染，此色福相，肥来瑞祥。

## 采云天—重阳

娘胎落地肉生，少年岁月易老，戊戌九月重阳，今放黄花留香。日复一年秋风，当头来劲缓，沐是晨光，骄阳如湍，胜之久别阳春。江天更有万籁霜，采来云茫，拾起挽袖舞，醒目枝头花团，繁景抱薇樯。云真高，天之遥，长望思乡，更念双亲高堂。

## 馈银赋芳

儿即入学塾，闺友打点堪义母，悉心鼎助，真情予青竹。师之夫，教者儒，学硕兼得桃李簇，实乃女君乎。

芳生贵福,何德能遇姊妹，言谢三日馈滋补，难表心物，唯系朝夕相顾。此生结缘路，纵使锦枝凋枯，任沉浮谁主，偕同船渡，岂止朝朝暮暮。

## 赋雪词

久等飞舞曲,却道幽静中，

举目望空有变，何时翩翩？万类霜天，三九尽开颜，唯有瑞年，雪无绵绵。此时总伤情，不知落花有物，弄曲三两，翰书泛跟前，休问诗人哪出，自扪已羡仙。字落下，抚宣染，墨香满屋窜,问君醉否？答曰：已痴偏不醉。提笔蘸,默哀叹，环顾四方，瞬时间，眺望远，只见飘洒无垠。一颗来，飘入眼，如织女纺纱；两片来，绽心怀，恰神厨揉面；三片、四片，浑天漫地。似梦醒，豁然万千，如贪醉，糊了眼帘，入心扉，怎奈魂牵。

## “鬼”论

问君天地宇宙，有鬼否，近日缠身担受，日影漂游。夜榻冷风嗖嗖，似见蓬头，有遇血手，夜魅恐眠休。

汝解：戒酒如命咎，沉迷醉口，此之“酒鬼”。懒惰已成灾,身积污垢,此之“懒鬼”，色情为偶，无女不贪诱，此之“色鬼”。恩爱偕首，少妻老伴逗，此之“死鬼”。

世间万物皆来由，善者不朽,恶盈遗臭。纵藏财银厦楼，即得名利双收。可不屑，廉水清透，一世坦无忧，鬼自走。

## 儿起早

晨昏发白黎明早，雄鸡未啼叫,帘外悄悄。孩童初入学，生怕晚迟到,静下床榻温书稿，父即醒，问询可睡着。儿曰：小学岂同幼儿闹，早睡早起为要。父曰：孺子尤可教。

且伴儿，深思考，只见已茁茁,慰感岁月好。身显个挑，胜过犬父才貌，学海无涯竞头鳌，破釜行舟成龙蛟。

寒窗苦窑,仁人志士皆劳，

唯有学问高。切记秉承家道，光宗耀祖衣锦告。

## 惜日函

一气急火烧，红目染天渐消，虎狼群涌，恶贯九流五等，穷摆长尾，自以为是搅。君子剩将殆尽，鬼蚤立上当道，生者仅存，退海潮风滚荡，息宁人。此诗悦够,不止百感交集。

几人识得儒,何方读孟处，知礼人得道。世风清凉催昏头，思罢了，皆是心有妖。滥泛滔天笼罩，劫后余生，深知死而后难。惜日日，抚春予人香，留冬自往。

## 仲秋小夜

月影撩人休问月，江淮登楼阙，几时弄舞助歌赋，天上已奏曲，人间桂花醉魂牵，不时添多愁。每逢团圆举目，遥之又偷伤，归来蓬头尘土，乱发独酒，一壶半两岂够，熏不分老幼。思念长空倦意留，月自当空，如盘如玉如明镜，挂处昏夜，亮泽四海通州，悬看心眸，月半是仲秋。

## 问君解

阑珊空梦去相留，累下桶缸半樽酒，衔嘴扑鼻嗅，烈中伴困愁。君子仁侠仗义，江湖惯看驰马，写下百诗首，揽阅李杜白，读罢东坡出塞外，滴尽清照黄花袖，世风之下另鳌头。削去钝锈锋尖，挥笔展鸿篇，墨洒万亩注麦田，项上方头面，甩手数得毛两钱。青春好在皆潘安，岁月与之无干，不由比攀，自去修身点檀香。染红尘喧观戏曲，无故身临已静居，生旦净末，凤钗髯须。玉簪底下抹泪雨,枕榻湿巾乏，问君可解万缕麻。

## 东窗事

苏来未醒铺柳青，响春重儿，锣鼓再邀，不是十五闹元宵，别来不愁古，贵有自明，江山自立。携来后生竞头，窘道坎坎，思取遥遥，井月寻猴群，枝儿树梢，挂上雄心揽志，蓦然沧下，乃持天理横空世。削下青丝，鬓染叠云，少年不剩力拔兮，群峰兀立，舟舸并赛，落物无丛结果。何去诸葛隆中，拜上茅庐三顾，足鼎分天下，胜败论隐者，吾人自述。

## 出阳

翘盼几月少暖阳，今朝旭日，神清展，风来雨里转，密布阴云不散，借来东风留不住，南海定坤丹。待到年关，尘堆布衣棉团，妇孺忙碌横竹撑杆，琳琅观光，五彩配斜冉，换了一层艳天，窕女梳妆，绣不出锦缎，青丝靓颜觅俊郎。此处应景，博鱼水而欢，试驾云舟俯巍山，怀柔涧溪小潺，肉花添肥，簇苗绽青，柳条千丝万缕，唯爱盆栽，林立丛生茅草，倍劲遒，借物灵媒，喝词倾泻此斗。

## 初入西园

园中少有花映红，识得问痴人，门外斜径，咫在尺三间，绵延群峦目前。夕花惜时，今朝入了园，主人引自厢房，扶摇栏梯小楼。问有孔孟否，朗声寂，可临苏黄体，墨迹羞，雅兴无趣，指尖寒栗点缪。直入冰额，西出阳光，怀已运筹，携邀爱徒小手，抚琴孔明计空城，借神来东风，燃眉笔，疾星救。数日除夕近，又糊春桃画符，何意报得稚幼，坐等前程，菜篮取瓢水，空已空，承德秉续后，几只菜萝筐筐，容不下苦读人。

## 十月二七雨转寒

门外闻声逾雨生，疾驰行路，撑伞遮天，偏作鸡汤仙。雾聚云展，潇潇歇等，日出西关阴霾沉，糊见若非灯，孤星一片，何似道人间。

闭门休养目,已知高君入,风临忽,沥连珠,隆冬逼寒酷。皆是前戏，奏起未名刀，神游滔海最江湖，溪上抒。

## 南歌子·望月寄托思

天河眨星转,地间冥思垂。初冬隆被逼凉滋。添上解罗衣冠问，夜去逛市集。

回帖红字小,金玉良辰稀。斜阳倦懒未脱衣。只把怀伤不与似，念家无言时。

## 周公颂

——敬爱的周总理冥诞43周年

似风疾拍岸，潮头亦汹涌，山河今日痛哀，思忆奔，追不来，已陷长流。细数少年踌，中华崛起而堪忧，大江歌罢，邃密群科，吾辈蹈海亦英雄。白区狼群纵横，更比硝烟吞没，电波连内应，胜败在此一举，破敌只争夕，蓄须北上，横刀立马武将，不灭日虏誓不还。国共谈判,凭借黄埔先驱,力挽狂澜，建国总揽，国之顶柱梁，小球助寰宇，人格魅力誉满，鞠躬尽瘁死后已，蜡炬燃灰，丰功彪青史，浩然永存。五十六民族仰慕，党内圣贤,军队缔造人,43年已穿梭,慈眉绘锦绣，音容拯国忧，膜额跪拜，羡天堂，但愿人间再生。

# 天地有换

一团残层云中盘，私进轩廊，夜盗天甘绫罗，似集千钧坨，身蜗犬，多件绒棉即暖，不可简陋薄衣穿。不识天干，早把地支算，俯首碧蓝观，已走七日姗缓，又吞烟帆，雾求北极天狼，环宇四侃。四季莫测使幻，一载节气二十四转，衣食习惯，风吹烈雨自散，雪未干，雨渐染，皎月寒霜，雹冰少诱，劫后逢干旱。天驾马，行空星象，赋予人，天地合一，存着适苍苍。

# 尾序

不能不承认,人与人不同。对于有的人来说,天生一颗敏感、细腻、悲天悯人的心。在诗中我看到了一颗灵动的心，总是淡淡的思，淡淡的感，心中的一点执念，是对爱与美与善的极致追求。诗情流淌在血液中，诗性融入到骨髓里。无论怎样穿梭于人间烟火，始终不染烟火色，保持灵魂的纯净与简单，做最忠诚的自己，以理想主义的姿态行走在蓝天白云、青山绿水、花草林木间，活在自己自由自在的心境里。

你剪裁岁月，剪裁自己，做成好看的信笺，再用思想做墨，情感做笔，写成诗行。眼睁睁看着岁月如沙，仍然会执着，想紧握住什么，最后发现，可以握住的是你的诗。用诗作盾牌，让岁月从容，内心宁静；抵御生活种种不尽如人意，让爱与美的花朵开在诗的枝丫上，净化心灵，引领自己的精神永远向上!

我想说，诗是你对生活发出的最美的笑，它们为你在暗夜点亮星星，引来月亮。

赞同这样一句话：生活，只要适合自己，就是幸福。而对你而言，生活因诗而更加美好!

西园国学馆

二〇二〇年二月十七日

**图书在版编目（CIP）数据**

山里的早晨 / 山早著. -- 杭州 : 西泠印社出版社, 2020.12

ISBN 978-7-5508-3258-9

Ⅰ. ①山… Ⅱ. ①山… Ⅲ. ①诗集－中国－当代 Ⅳ. ①I227

中国版本图书馆CIP数据核字(2020)第266244号

# 山里的早晨

山早　著

**出 品 人**　江　吟
**责任编辑**　徐　岫
**责任出版**　李　兵
**责任校对**　刘玉立
**装帧设计**　王　欣
**出版发行**　西泠印社出版社
（杭州市西湖文化广场32号5楼　邮政编码　310014）
**电　　话**　0571-87240396
**经　　销**　全国新华书店
**制　　版**　杭州如一图文制作有限公司
**印　　刷**　浙江海虹彩色印务有限公司
**开　　本**　787mm×1092mm　1/16
**印　　张**　14
**印　　数**　001—400
**书　　号**　ISBN 978-7-5508-3258-9
**版　　次**　2020年12月第1版　第1次印刷
**定　　价**　80.00元